谨以此书迎接一个朗读时代的到来

曹文轩美文朗读
CAOWENXUAN MEIWENLANGDU

哑巴的呼喊

曹文轩/著

北京大学出版社
PEKING UNIVERSITY PRESS

图书在版编目(CIP)数据

哑巴的呼喊 / 曹文轩著. —北京：北京大学出版社，2009.5
(曹文轩美文朗读丛书)
ISBN 978-7-301-15118-1

Ⅰ.哑… Ⅱ.曹… Ⅲ.青少年-小说-作品集-中国-当代 Ⅳ.I267
中国版本图书馆CIP数据核字（2009）第052189号

书　　　　名：	哑巴的呼喊
著作责任者：	曹文轩　著
责任编辑：	周　英
标准书号：	ISBN 978-7-301-15118-1/I·2104
出版发行：	北京大学出版社
地　　　　址：	北京市海淀区成府路205号　100871
网　　　　址：	http://www.pup.cn 电子信箱:zyl@pup.pku.edu.cn
电　　　　话：	邮购部62752015　发行部62750672　编辑部62767346
	出版部62754962
印　刷　者：	北京大学印刷厂
经　销　者：	新华书店
	730毫米×1020毫米　16开本　9.25印张　120千字
	2009年5月第1版　2012年2月第12次印刷
定　　　价：	23.00元（附光盘）

未经许可，不得以任何方式复制或抄袭本书之部分或全部内容。
版权所有，侵权必究
举报电话：(010)62752024　电子信箱：fd@pup.pku.edu.cn

朗读的意义

曹文轩

关于阅读的意义，我们已经有了丰富多彩的阐述：阅读是一种人生方式；阅读是对人的经验的壮大；阅读还有助于创造经验；阅读养性；阅读的力量神奇到能改变一个人的外形；在没有宗教情怀的世界里，阅读甚至可以作为一门优美而神圣的宗教……

可在今天这个有着无穷无尽的诱惑的世界里，人们对阅读却越来越疏离了，甚至连中小学生们都对阅读越来越不感兴趣了。这个情况当然是很糟糕的，甚至是很悲哀的。

无数的人问我："究竟有什么办法让孩子喜欢阅读？"

我答道："朗读——通过朗读，将他们从声音世界渡到文字世界。"

难道还有更好的方法吗？一个孩子不愿意阅读，你对他讲阅读的意义，有用吗？就怕是你说到天上去，他大概还是不肯阅读的。可是我们现在来做一个设想：一个具有出色朗读能力的语文老师或者是学校请来的一个著名演员，在他们班上声情并茂地朗读了一部小说里的片段，那是一个优美的、感人的、智慧的、扣人心弦的精彩片段，那个孩子在不知不觉之中被深深吸引住了，朗读结束之后，他就一直在惦记着那部小说，甚至急切地想看到那部小说，后来他终于看到了它，而一旦他进入了文字世界之后，就再也不想放弃了。于是，我们就可以有充足的理由对这个孩子的阅读乃至成长抱了希望。

朗读在发达国家是一个日常行为。

2006年9月，我应邀参加了第六届柏林国际文学节。在柏林的几天时间里，我参加最多的就是各种各样的朗读会。他们将我的长篇小说《草房子》以及我的一些短篇小说翻译成德文，然后请他们国家的一流演员去学校、去社区图书馆朗读，参加者有学生，也有成年人——不同阶层、不同年龄的成年人。在我的感觉里，朗读对他们而言，是日常生活中一件经常的却是非常重要的事情。四五人、五六人、十几人、上百人坐下来，然后听一个或几个人朗读一篇（部）经典的作品，或一段，或全文。可见朗读在德国这样的发达国家，是一种日常的、同时也是一种非常优雅的行为。

"'语文'学科，早先叫'国文'，后改为'国语'，1949年后改称'语文'，从字面上看，'语'的地位似乎提高了，实际上，'重文轻语'是中国语文教学中的一大弊病。"（刘卓）

"语文语文"，"文"是第一的，"语"是次要的，甚至是无足轻重的。重"文"轻"语"，这是中国的文化传统。中国在很多时候，把"文"看得十分重要，而把"语"给忽略掉了，甚至是贬低"语"的。"巧言令色"，能说会道，是坏事。是君子，便应"讷于言而敏于行"。"讷"——"木讷"的"讷"，便是指一个人语言迟钝，乃至沉默寡言，而这是美德，认为这样的人是仁者。

"水深流去慢，贵人话语迟。"这便是中国人数百年、数千年所欣美的境界。当然中国也有极端的历史时期是讲究说的。说客——说客时代。那番滔滔雄辩，口若悬河，真是让人对语言的能力感到惊讶。但日常生活中，中国人还是不太喜欢能说会道的人的。"讷"，竟然成了做人最高的境界之一，这实在让人感到可疑。

2008年，美国总统竞选，很让我着迷，着迷的就是奥巴马的演讲。他的演讲很神气，很精彩，很迷人，很有诗意。从某种意义上讲，美国总统竞选，就是比一比谁更能说——更能"语"。我听奥巴马的讲演，就觉得他是在朗读优美的篇章。

说到朗读上来——不朗读——不"语"，我们对"文"也就难以有最深切的理解。

我去各地中小学校作讲座，总要事先告知学校的校长老师，让他们通知听讲座的孩子带上本子和笔。我要送孩子们几句话。每送一句，我都要求他们记在本子上。接下来，就是请求他们大声朗读我送给他们的每一句话。我对他们说："孩子们，有些话，我们是需要念出来甚至是需要喊出来的，而且要很多人在一起念出来、喊出来。这是一种仪式，这种仪式对我们的成长是有用的。"

当我们朗读时，特别是当我们许多人在一起朗读时，我们自然就有了一种仪式感。

而人类是不能没有仪式感的。

仪式感纯洁和圣化了我们的心灵，使我们在那些玩世不恭、只知游戏的轻浮与浅薄的时代，有了一分严肃，一分崇高。

于是，人类社会有了质量。

这是口语化的时代，而这口语的质量又相当低下。恶俗的口语，已成为时尚，这大概不是一件好事。

优质的民族语言，当然包括口语。

口语的优质，是与书面语的悄然进入密切相关的。而这其中，朗读是将书面语的因素转入口语，从而使口语的品质得以提高的很重要的一环。

朗读着，朗读着，优美的书面语在不知不觉中变成了口语，从而提升了口语的质量。

朗读是体会民族语言之优美的重要途径。

汉语的音乐性、汉语的特有声调，所有这一切，都使得汉语成为一种在声音上优美绝伦的语言。朗读既可以帮助学生们加深对文本的理解，同时也可以帮助他们感受我们民族语言的声音之美，从而培养他们对母语的亲近感。

朗读还有一大好处，那就是它可以帮助我们淘汰那些损伤精神和心智的末流作品。

  谁都知道,能被朗读的文本,一定是美文,是抒情的或智慧的文字,不然是无法朗读的。通过朗读,我们很容易地就把那些末流的作品杜绝在大门之外。

  北大出版社打造这套丛书,我之所以愿意从我全部的文字中筛选出这些文字,都是一个用意——

  以这些也许微不足道的文字,去迎接一个朗读时代的到来。

2009年5月8日于北京大学蓝旗营

目录

艾地 /1
    鸡鸭大军（10-16）
    水上漂着一朵花＊（20-24）
    香坟＊（29-31）

芦花鞋 /32
    两个人的田野＊（32-34）
    月光下＊（46-48）
    赤脚走在大雪天＊（51-56）

哑巴的呼喊 /57
    流泪的大河＊（72-76）
    大草垛（76-78）

蓝花 /79
    小巧（85-87）
    秋秋在暮色中（89-91）

第十一根红布条 /92
    第十一根红布条（92-100）

月光里的铜板 /101

    月光里的铜板（101–113）

天空的呼唤 /114

    天空的呼唤（114–120）

红葫芦 /121

    红葫芦（121–134）

停不下的毛毛 /135

注：目录中楷体字篇目为推荐朗读内容，其中，标有"*"的，为示范朗读内容，正文已配录音。正文中凡推荐朗读的内容均已用楷体字标示。

艾 地

1

油麻地小学四周环水,很独立的样子。

秦大奶奶的那幢小草房,在西北角上龟缩着,仿佛是被挤到这儿的,并且仿佛还正在被挤着,再坚持不住,就会被挤到河里。这幢小草房,是油麻地小学最矮小的草房,样子很寒碜。它简直是个赘瘤,是个污点,破坏了油麻地小学的和谐与那番好格调。

学校与地方联合,想将秦大奶奶逐出这片土地,花费了十多年的工夫,然而终于没有成功。

秦大奶奶坚决地认为,这片土地是属于她的。

也许,确实是属于她的。

秦大奶奶的丈夫是秦大。他们夫妇俩,原先与这片土地并无关系。他们是在1948年年初,才买下了这片土地的。为买这片土地,这对夫妇用了几十年的时间。在这几十年里,他们没有白天与黑夜,没有阴天与晴日,没有炎热与寒冷。他们甚至忘记了自己的欲望:穿一件新袄遮挡风寒的欲望,吃一片西瓜解除暑渴的欲望,将自己放在床上消解一下疲倦的欲望，煮一碗红烧肉润一润枯肠的欲望。他们对痛苦变得麻木起来。镰刀割破了手指，鲜血一路滴在草上，不知道疼；终年光着的脚板，在隆冬季节裂开鲜红的血口，不知道疼；瓦砾硌着脚，不知道疼；鞭子打在脊梁上，不知道疼。秦大在世时，这里的人每次谈到他，评价不外乎就是这些："这个人太小气，一锥子扎不出血来。""跌到了，还要从地上抓一把泥。"这对没有孩子的夫妇唯一的幸福就是在夜深人静、四周流动着淡淡的荒凉时，做着土地的美梦：一片土地，一片风水好的土地，在春风里战战兢兢如孩子般可爱的麦苗，在五月的阳光下闪烁着光芒的金子一样的麦穗……

他们终于用几十年的心血换来这片土地。

他们在这片土地的中央盖了一幢草房，从此，两双已经过早疲倦的眼睛，就时时刻刻地注视着这片土地。这年春天，天气比以往任何一年都暖和得早，才是二月，风已是暖洋洋的了。一地的麦子，在和风里一日一日地绿着，没过几天，就不见土壤了，只剩下汪汪的一片绿。站在草房门口，就像站在一片泛着微波的水面上。然而，秦大并未等到收获的五月，就在田埂上永远地睡着了。村里几个总是帮人家送丧的人，将他放入棺材时说："抬过这么多死人，还从没见过身子轻得这样的人。"

秦大奶奶倒是看到了收获的季节，但就在麦子飘香时，土地已不再属于个人。

贫穷的油麻地人在新鲜的阳光下，生发着各种各样的心思。其中最大的一个心思就是办学，让孩子们读书。而在选择校址时，从上到下，几乎无一例外地都将目光投到了这块四面环水的宝地。于是，人们一面派人到海滩上割茅草，一面派人去让秦大奶奶搬家。然而，当十几只船载着堆得高高的茅草令人欢欣鼓舞地停泊在油麻地的大河边时，秦大奶奶却就是不肯离开这片土地。

地方政府是厚道的，事先给她在别处盖了房，并且还划给她一片小小的土地。

但秦大奶奶不要，她只要这片土地。她蓬头垢面地坐在地上："你们打死我吧，打死我也不离开这里！"

十几只茅草船就那么无奈地停在水中。

地方政府是耐心的，充分给她说理："办学校，是造福于子孙万代的大业。"秦大奶奶双目紧闭："我没有子孙！"

实在说不通。学校又必须在秋天建起来，油麻地的人有点无可奈何了。上头来人了，问学校怎么还不动工。他们只得如实报告。上头的人说："无法无天了！把她赶出去！"地方政府也看清楚了：非得这样不可！

这一天，全村的人几乎都出动了。他们割麦子的割麦子，上茅草的上茅草，拆房子的拆房子，测量的测量……秦大奶奶则被几个民兵架着，拖走了。秦大奶奶差点以死相拼，无奈那几个民兵身强力壮，使她根本无法以死相拼。她只能一路嚎哭："我要我的地呀！我要我的地呀！"她朝那些人吐着唾沫，并朝过路的人大叫："救命呀！救命呀！"没有人理会她。

秦大奶奶被硬关到了那间为她新砌的屋里。她在屋里乱撞门窗，破口大骂。几个民兵在门外说："你再闹，就把你捆起来送走！"丢下她，走了。

当秦大奶奶终于弄断窗棂，钻出屋子，跑回那片土地时，那幢房子早已不见踪影，满地的麦子也已收割一尽，茅草堆积如山，正在阳光下闪闪发亮，地上是一道道石灰撒成的白线以及无数的木桩，甚至已经挖开了好几道墙基，一些汉子正在吼着号子打夯……一切都已面目全非。

她瘫坐在地上，目光呆滞地一直坐到天黑，然后开始了长达一年之久的告状。她告到乡里，又告到区里，再告到县里，然后又回过头来告到乡里、区里、县里……眼见着头发一根一根地白了,眼见着背一点一点地驼了。跟她讲理,她又听不进去,只顾说她的理。拍桌子吓唬她,她干脆赖到你脚下:"你把我抓起来,把我抓起来,抓起来扔进大牢里!"

油麻地的事,当然只能按油麻地人的意志去做。油麻地小学早盖好了,并且是方圆十几里地最漂亮的一所学校。每天早晨,孩子们就会从四面八方,唱着跳着,高高兴兴地来上学。高高的旗杆上,一面鲜艳的红旗,总是在太阳光刚照亮这块土地的时候升起来,然后迎风飘扬,造出一番迷人的风采。油麻地的人,听到了草房子里传出的琅琅书声。他们从未听过这种清纯的充满活力的众声齐读。这时,若有船路过这里,就会放慢行驶的速度。声音传到田野上,油麻地的人在心中产生了一种无名的兴奋,其间,很可能会有一个人一边使劲挥舞锄头,一边扯开沙哑的喉咙,大声吼唱起来。

秦大奶奶在告状之余,也会来到校门口。她对正在上学的孩子们反复地絮叨:"这块地是我的!"

孩子们只是朝她笑笑。其中一些,似乎觉得她很怪,有点害怕,见了她那副怨恨的目光,就赶紧走进校园里。

教员们还许多次在深夜里看到秦大奶奶,她像幽灵一样,在校园里到处走动。

各级政府时常被她打扰,实在太烦,可又拿她没有办法,只好在她做出让步和做出种种保证之后,也做出了一定的让步:在油麻地小学的一角,给她盖一间小小的草房,并允许她保留一片小小的土地。

2

桑桑一家随着父亲搬到油麻地小学时,秦大奶奶在西北角上的小屋里,已生活了好几个年头。

桑桑在校园里随便走走,就走到了小屋前。这时,桑桑被一股浓烈的苦艾味包围了。他的眼前是一片艾。艾前后左右地包围了小屋。风吹过时,艾叶哗啦哗啦地翻卷着。艾叶的正面与反面的颜色是两样的,正面是一般的绿色,而反面是淡绿色,加上茸茸的细毛,几乎呈灰白色。因此,当艾叶翻卷时,就像不同颜色的碎片混杂在一起,闪闪烁烁。艾虽然长不很高,但秆都长得像毛笔的笔杆一样。不知是因为人工的原因,还是艾的习性,艾与艾之间,总是适当地保持着距离,既不过于稠密,也不过于疏远。

桑桑穿过艾地间一条小道,走到了小屋门口。小屋里几乎没有光线,桑桑的眼睛很吃力地朝里张望,想看清楚里面有没有人、都有一些什么东西。他隐约看见了一个佝偻着身体的老婆婆和一些十分简单的家具。

桑桑想:就她一个人吗?他回头看了看,四周空荡荡的,就有了一种孤独感。于是,他很想见到那个老婆婆。

秦大奶奶似乎感觉到门口有一双大大的眼睛,她转过身来,走到了门口。

明亮的太阳正高悬在天上。秦大奶奶出现在阳光下时,给桑桑留下了即使他长大之后都可能不会忘记的深刻印象:身材高高的,十分匀称,只是背已驼了,浑身上下穿得干干净净,只有粽子大的小脚上穿着一双绣了淡金色小花的黑布鞋,裤脚用蓝布条十分仔细地包裹着,拄着拐棍,一头银发,在风里微微飘动。

十分奇怪,桑桑好像认识她似的叫了一声:"奶奶。"

秦大奶奶望着桑桑，仿佛桑桑并不是在叫她。这里的孩子，从来也不叫她奶奶，都叫她"老太婆"，最多叫她"秦大奶奶"。她伸出手去抚摸了一下桑桑的脑袋。她似乎从未有过这样亲昵的动作。她问："你是谁？"

"我是桑桑。"

"我怎么没有见过你？"

"我是刚来的。"

"你家住哪儿？"

"和你一样，也住在这个校园里。"

秦大奶奶一副疑惑的样子。

桑桑说："我爸刚调到这儿。是这儿的校长。"

"噢。"秦大奶奶点了点头，"新来了个校长。"

桑桑用手摸摸身旁的艾。

秦大奶奶说："认识吗？这是艾。"

"干吗长这么多艾？"

"艾干净。艾有药味。夏天，这儿没有蚊子，也没有苍蝇。"

"这儿应该长庄稼呀。"

"长庄稼？长什么庄稼？"

"长麦子呀什么的。"

"长麦子做什么？原先，这儿全是麦地，那一年，多好的麦子，可是，没有轮到我割……不长麦子啦，永远不长麦子啦，就长艾，艾好。"

桑桑与秦大奶奶第一次见面，居然说了很多话。说到后来，秦大奶奶的心思又被土地的巨大影子笼罩了，用拐棍指指划划，向桑桑不住地唠叨："这片地，都是我的地，多大的一片地呀，多好的一片地呀……"

桑桑和秦大奶奶说话，一直说到母亲在远处叫他，才离开小屋与艾地。

不久，桑桑从大人们的谈话里听出，在大人们的眼里，秦大奶奶是个很可恶的老婆子。她明明看见学校的菜园边上就是一条路，却倚着自己老眼昏花，愣说没有路，拄着拐棍，横穿菜园，一路把菜苗踩倒了许多。秋天，一不留神，她就会把学校种的瓜或豆荚摘了去。自己吃也行呀，她不，而是将它们扔到大河里。她还养了一群鸡鸭鹅，让它们在学校里乱窜，学校菜园只好拦了篱笆。但即使拦了篱笆，这些刁钻的家伙也有可能钻进菜园里去把嫩苗或刚结出的果实啄了或吃了。有一回，她丢了一只鸡，硬说是孩子们惊着它了，不知藏到哪片草丛里，被黄鼠狼吃了，和学校大闹了一通，最后学校赔了她几块钱才算了事。

那天课间，桑桑拉着阿恕要去艾地，正在一旁玩耍的秃鹤说："别去，秦大奶奶会用拐棍敲你的脑袋的。"

桑桑不信，独自一人走过去。

一年级的几个小女孩，正藏在艾丛里，朝小屋里偷偷地看，见秦大奶奶拄着拐棍走过来了，吓得一个个像兔子一样从艾地里逃窜出来，尖叫着跑散了。

秦大奶奶看了看被踩趴下的艾，用拐棍咚咚地戳着地。

只有桑桑不怕，他朝秦大奶奶走过去。当桑桑叫了一声"奶奶"，跟秦大奶奶要了一根艾再走回来时，那几个小女孩就很佩服，觉得他真勇敢。桑桑很纳闷：有什么好怕的呢？

桑乔却一开始就对秦大奶奶感到不快。那天，他视察他的校园，来到这片艾地，见到那间低矮的小屋，从心底里觉得别扭。加上听了老师们说的关于秦大奶奶的支离破碎的话，就觉得油麻地小学居然让一个与油麻地小学毫无关系的老太婆住在校园里，简直是毫无道理、不成体统。他看着那间小屋，越看越觉得这屋子留在校园里，实在是不伦不类。他穿过艾地走到了小屋跟前。那时，秦大奶奶正坐在门口晒太阳。

"你好。"桑乔说。

秦大奶奶看了看桑乔，居然没有回答。

桑乔屋前屋后转了一圈，觉得油麻地西北角有一块好端端的地被人占领了，他的油麻地小学是不完整的。他有了一种深刻的残缺感。

秦大奶奶说："你这个人是谁？东张西望的不像个好人！"

桑乔觉得这个老婆子太无理，便板着面孔说："我叫桑乔。"

"不认识。"

"我是校长。"

秦大奶奶站了起来："你想撵我走吗？"

"我没有说要撵你走。"

"这块地，这一片地都是我的！"

桑乔心里只觉得好笑：都什么年头了，还你呀他的呢！他暂且没有理会她，离开了艾地。可是，当他走到这块地的最南端时，又回过头来向艾地这边看，越发觉得油麻地小学被人活活地瓜分去了一块。

春天，桑乔发动全校师生，四处奔走，从楝树采下了许多头年结下的果实。他要育出楝树苗来，然后栽在校园各处。楝树是这一带人最喜欢的树种。春天，枝头会开出一片淡蓝色的细小的花。若是一片林子，花正盛开时，从远处看，就仿佛是一片淡蓝的云彩。因为楝树性苦，所以不生任何虫子。夏天的厕所若放了楝树叶，既去了臭味，还不让粪里生蛆。楝树不仅好看、干净，还是这一带人最欣赏的木材。桑乔查看了所有的教室，发现许多课桌都正在坏损。他想，几年以后，这些楝树就能成材，那时油麻地小学就会有一批最好的课桌。在考虑用哪一块地作苗圃时，桑乔想到了西北角上的艾地。为了避免与秦大奶奶的冲突，他向一直就在油麻地小学任教的几位老师打听当年政府同意秦大奶奶住在西北角上时到底许给了她多大面积的地。他有一种直感，觉得政府不可能给她那么大的面积。这些老师的介绍，完全证实了他的直感。于是，他定了下来：将被秦大奶奶逐年多占的地开辟作苗圃。

那天，开辟艾地时，桑乔本想与秦大奶奶打声招呼的，恰巧秦大奶奶一早抱了只老母鸡去镇上卖鸡去了。等了一会儿，也不见她回来，他就对师生们说："不用等了，拔艾吧。"

多占地上的艾不一会儿工夫就被拔完，十几把铁锹不一会儿工夫就把土翻完。桑乔亲自动手撒了楝树果，然后盖了一层肥一层土，再把水浇透。等秦大奶奶挂着拐棍一摇一摆地回来时，人早撤了，就只有一个四四方方的苗圃。

秦大奶奶站在苗圃旁半天，然后用拐棍在苗圃上戳了十几个洞："这是我的地！这是我的地……"

没过多少天，楝树苗就怯生生地探出头来，在还带着凉意的风中，欢欢喜喜地摇摆。这个形象使秦大奶奶想起了当年也是在这个季节里也是同样欢欢喜喜摇摆着的麦苗。她就很想用她的拐棍去鞭打这些长在她地上的楝树苗——她觉得那些树苗在挤眉弄眼地嘲弄她。

这样地看了几天，楝树苗在越来越和暖的春风里，居然很张扬地一个劲地蹿着。秦大奶奶想到了它们不久就要移栽到这块土地的各处，然后，它们就疯了似的长大，直长得遮天蔽日，把这块土地牢牢地霸占住。这么想着，她就想在苗圃里打个滚，把这些根本不在意她的树苗碾压下去。但她没有立即打滚，直到有一天，一群孩子得到老师们的示意，将她的一群鸡赶得四处乱飞，惊得鸡们将蛋生在了外边时，她才决定：我就在它上面打滚，就打滚，看他们能把我怎样！

四下无人。

终日干干净净的秦大奶奶，居然不顾自己的衣服了，像个坏孩子似的躺在苗圃上，从东向西滚去。

秦大奶奶没有看到，那时，桑桑正从屋后的艾丛中走出来。

桑桑看着在苗圃上慢慢滚动的秦大奶奶，咧开嘴乐了。

秦大奶奶像一捆长长的铺盖卷在滚动。她滚动得十分投入。有几次滚出苗圃去了，她就慢慢地调整好，直到放正了身子，再继续滚动下去。她闭着眼睛从东滚到西，又从西滚到东，一边滚，一边在嘴里叽叽咕咕："这地反正是我的，我想怎么着就怎么着……"

那些树苗是柔韧的，秦大奶奶并不能将它们压断。它们只是在她压过之后，在地上先趴趴，过一会儿，又慢慢地立了起来。

当桑桑看到秦大奶奶又一次滚出苗圃好远还继续一路滚下去时，他禁不住乐得跳起来，并拍着巴掌："奶奶滚出去了，奶奶滚出去了……"

秦大奶奶立即停止了滚动，用胳膊吃力地支撑起身子，朝桑桑看着。

桑桑走了过来。

秦大奶奶说："你能不告诉你爸爸吗？"

桑桑想了想，点了点头。

"这地是我的地！"她用手抚摸着地，就像那天她抚摸桑桑的脑袋一样。

经常被父亲认为是"没有是非观念"的桑桑，忽然觉得秦大奶奶也是有理的。

3

桑乔"统一"大业的思想日益强烈起来。他的王国必须是完美无缺的。

在栽种垂杨柳时，他沿着河边一直栽种过来。这样，秦大奶奶屋后的艾丛里也栽种了垂杨柳。秦大奶奶将垂杨柳拔了去，但很快又被桑乔派人补上了。

秦大奶奶必须作战了，与她最大的敌人油麻地小学作战——油麻地小学正在企图一步一步地将她挤走。

秦大奶奶孤身一人，但她并不感到悲哀。她没有感到势单力薄。她也有"战士"。她的"战士"就是她的一趟鸡鸭鹅。每天一早，她就拿了根柳枝，将它们轰赶到油麻地小学的纵深地带——办公室与教室一带。这趟鸡鸭鹅，一边到处拉屎，一边在校园里东窜西窜。这里正上着课呢，几只鸡一边觅食，一边钻进了教室，小声地，咯咯咯地叫着，在孩子们腿间走来走去。因为是在上课，孩子们在老师的注视下，都很安静，鸡们以为到了一个静处，一副闲散舒适的样子。它们或啄着墙上的石灰，或在一个孩子的脚旁蹲下，蓬松开羽毛，用地上的尘土洗着身子。

几只鸭子蹒到另一间教室去了。它们摇晃着身子，扁着嘴在地上寻找吃的。这些家伙总是不断地拉屎。鸭子拉屎，总发出噗的一声响，屎又烂又臭。孩子们掩住鼻子，却不敢作声。一个女孩被叫起来读课文，鼻音重得好像没有鼻孔。老师问："你的鼻子怎么啦？"孩子们就冲着老师笑，因为老师的声音也好像是一个患严重鼻窦炎的人发出的声音。

两只鹅在办公室门口吃青草，吃到高兴处，不时地引吭高歌，仿佛一艘巨轮在大江上拉响了汽笛。

中午，孩子们放学回家吃饭时，教室门一般是不关的，这些鸡鸭鹅便会乘虚而入。等孩子们再进教室时，不少桌面与凳子上就有了鸡屎或鸭粪。有一个孩子正上着课，忽然忘乎所以地大叫起来："蛋！"他的手在桌肚里偷着玩耍时，一下摸到了一只鸡蛋。孩子们一齐将脸转过来，跟着叫："蛋！""蛋！"老师用黑板擦嘟嘟嘟地敲着讲台，孩子们这才渐渐安静下来。那个发现了鸡蛋的孩子，被罚着手拿一只鸡蛋，尴尬地站了一堂课。下了课，他冲出教室，大叫了一声："死老婆子！"然后咬牙切齿地将鸡蛋掷出去。鸡蛋飞过池塘上空，击在一棵树上，叭地碎了，

鸡鸭大军

树干上立即流下一道鲜艳的蛋黄。

桑乔派一个老师去对秦大奶奶说不要让那些鸡鸭鹅到处乱走。

秦大奶奶说:"鸡鸭鹅不是人,它往哪里跑,我怎能管住?"

油麻地小学花钱买了几十捆芦苇,组成了一道长长的篱笆,将秦大奶奶与她的那一趟鸡鸭鹅一道隔在了那边。

平素散漫惯了的鸡鸭鹅们,一旦失去了广阔的天地,很不习惯。它们乱飞乱跳,闹得秦大奶奶没有片刻的安宁。

秦大奶奶望着长长的篱笆,就像望着一道长长的铁丝网。

这天,三年级有两个学生打架,其中一个自知下手重了,丢下地上那个"哎哟"叫唤的,就仓皇逃窜,后面的那一个,顺手操了一块半拉砖头就追杀过来。前面的那一个奔到篱笆下,掉头一看,见后面的那一个一脸要砸死他的神情,想到自己已在绝路,于是像一头野猪,一头穿过篱笆逃跑了。

篱笆上就有了一个大洞。

也就是这一天,镇上的文教干事领着几十个小学校长来到了油麻地小学,检查学校工作来了。上课铃一响,这些人分成好几个小组,被桑乔和其他老师分别带领着去各个教室听课,一切都很正常。桑乔心里暗想:幸亏几天前拦了一道篱笆。

桑乔自然是陪着文教干事这几个人。这是四年级教室。是一堂语文课。讲课的老师是那个文质彬彬、弱不禁风的温幼菊。

桑乔治理下的学校,处处显示着一丝不苟的作风。课堂风纪显得有点森严。文教干事在桑乔陪同下走进教室时,训练有素的孩子们居然只当无人进来,稳重地坐着,不发一声。文教干事一行犹如走进深秋的森林腹地,顿时被一种肃穆所感染,轻轻落座,唯恐发出声响。

黑板似乎是被水洗过的一般,黑得无一丝斑迹。

温幼菊举起细长的手,在黑板上写下了这一课的课名。不大不小的字透着一股清秀之气。

温幼菊开始讲课,既不失之于浮躁的激情,又不失之于平淡无味,温和如柔风的声音里,含着一股暗拨心弦的柔韧之力,把几十个玩童的心紧紧拽住,拖入了超脱人世的境界,使他们居然忘记了叮当作响的铁环、泥土地里的追逐、竹林间的鸟网、田埂上跑动的黄狗、用瓦片在大河上打出的水漂、飞到空中去的鸡毛毽子……她是音乐老师兼语文老师,声音本身就具有很大的魅力。

几乎各个教室都在制造不同的迷人效果。这是桑乔的王国。桑乔的王国只能如此。

但,秦大奶奶的"部队"已陆续穿过那个大窟窿,正向这边漫游过来。这趟憋了好几天的鸡鸭鹅,在重获这片广阔的天地之后,心情万分激动。当它们越过窟窿,来到它们往日自由走动的地方时,几乎是全体拍着翅膀朝前奔跑起来,直扇动得地上的落叶到处乱飞,身后留下一路尘埃。

鸡爪、鸭蹼与鹅掌踏过地面的声音,翅膀拍击气流发出的声音,像秋风横扫荒林,渐渐朝这边响过来。

桑乔听到鹅的一声长啸,不禁向门外瞥了一眼,只见一趟鸡鸭鹅正朝前奔跑着,其中,几只鸡在教室门口留下,正朝门口探头探脑地走过来。他用眼神去制止它们,然而,那不是他的学生,而仅仅是几只鸡。它们已经站到了门槛上。其中一只想扇一下翅膀,但在欲扇未扇的状态下又停住了,把脑袋歪着,朝屋里观望。

教室里安静如月下的池塘,只有温幼菊一人的声音如同在絮语。

鸡们终于走进了教室。它们把这里看成是一个特别的觅食之处。这里没有虫子,但却有孩子们吃零食时掉到地上的残渣细屑。因为此刻皆处在静止状态，所以在鸡们眼里，孩子们的腿与无数条桌腿和板凳腿，与它们平素看到的竹林与树林也没有太大的不同。

其中一只绿尾巴公鸡，似乎兴趣并不在觅食上，常常双腿像被电麻了一样，歪歪斜斜地朝一只母鸡跌倒过去。那母鸡似乎早习惯了它的淘气，只是稍稍躲闪一下，照样觅它的食。那公鸡心不在焉地也在地里啄了几下，又重犯它的老毛病。

桑乔在一只鸡走到脚下时，轻轻地动了动脚，试图给出一个很有分寸的惊吓，将鸡们撵出教室，但那只鸡只是轻轻往旁边一跳，并不在意他。

桑乔偶尔一瞥，看到文教干事正皱着眉头看着一只矮下身子打算往一个孩子的凳子上跳的母鸡。桑乔担忧地看着，怕它因为跳动而发出响声，更怕它一下子飞不到位而惨不忍睹地跌落下来。但他马上消除了这一担忧：那只母鸡在见公鸡不怀好意地歪斜着过来时，先放弃了上跳的念头，走开了。

孩子们已经注意到了这几只鸡。但孩子们真能为桑乔争气，坚决地不去理会它们。

温幼菊在鸡们一踏进教室时，就已经一眼看到了它们。但她仍然自然而流畅地讲着。可是内行的桑乔已经看出温幼菊的注意力受到了打扰。事实上，温幼菊一边在讲课，一边老在脑子里出现鸡的形象——即使她看不到鸡。最初的轻松自如，就是轻松自如；而此刻的轻松自如，则有点属于故意为之了。

当一只鸡已转悠到讲台下时，包括文教干事在内的所有的人，都觉察到温幼菊从开始以来就一直均匀而有节奏地流淌着的话语似乎碰到了一块阻隔的岩石，那么不轻不重地跳了一下。

外面又传来了几声鸭子的嘎嘎声。这在寂静无声的校园里显得异常洪亮而悠远。

终于有几个孩子忍不住侧过脸往窗外看了一眼。

大约是在课上到三十五分钟时，一只母鸡在过道上开始拍翅膀，并且越拍动作幅度越大。这里的教室没有铺砖，只是光地，因孩子们的反复践踏，即使打扫之后，也仍然有一层厚厚的灰尘。这些灰尘在那只母鸡扇动的气浪里升腾，如一股小小的旋风卷起的小小的黄色灰柱。

挨得近的正是几个干干净净的女孩，见着这些灰，就赶紧向一侧倾着身子，并用胳膊挡住了脸。

一个男孩想让那几个女孩避免灰尘的袭击，一边看着黑板，一边用脚狠狠一踢，正踢在那只母鸡的身上。那只母鸡咕咕咕地叫着，在教室里乱跑起来。

温幼菊用责备的眼光看着那个男孩。

男孩有点不太服气。

一阵小小的骚动，被温幼菊平静的目光暂时平息下去了。但不管是台上还是台下，实际上都已不太可能做到纯粹地讲课与听课，心思更多的倒是在对未来情形的预测上。大家都在等待，等待新的鸡的闹剧。

一开始酿造得很好的诗样的气氛实际上已经不存在了。

一只鸡，埋了一下屁股，屙出一泡屎来，仅仅是在距听课的一位校长脚尖前一两寸远的地方。

大约是在课上到四十分钟时，一只母鸡在一个男孩的腿旁停住了。它侧着脸，反复地看着那个男孩因裤管有一个小洞而从里面露出的一块白净的皮肤。"这是什么东西？"那鸡想，在地上磨了磨喙，猛的一口，正对着那块皮肤啄下去。那男孩"呀"的一声惊叫，终于把勉强维持在安静中的课堂彻底推入闹哄哄的气氛里。

这时，温幼菊犯了一个错误。她说："还不赶快把鸡赶出去！"她本来是对一个班干部说的。但，她的话音未落，早已按捺不住的孩子们，立即全体站了起来。

下面的情景是：孩子们桌上桌下，乱成一团，书本与扫帚之类的东西在空中乱舞；几只鸡无落脚之处，惊叫不止，在空中乱飞；几个女孩被鸡爪挠破手背或脸，哇哇乱叫；企图守住尊严的文教干事以及外校校长们，虽然仍然坐着，但也都扭过身体，做了保护自己不被鸡爪抓挠的姿势；温幼菊则捂住头，面朝黑板，不再看教室里究竟是一番什么样的情景。

等鸡们终于被撵跑，孩子们还未从兴奋中脱出，下课铃响了。

桑乔十分尴尬地陪着文教干事等几个人走出教室。在往办公室走去时，迎面看到秦大奶奶一路大声唤她的鸡鸭鹅们，一路朝这边走来了。她的样子，仿佛是走在一片无人的草丛里或是走在收割完庄稼的田野上。她既要唤鸡，还要唤鸭与鹅。而唤鸡、唤鸭与唤鹅，要发出不同的唤声。秦大奶奶晃着小脚，轮番去唤鸡、唤鸭、唤鹅。声音或短促，或悠远。许多孩子觉得她唤得很好听，就跟着学，也去唤鸡、唤鸭、唤鹅。

蒋一轮走过去，大声说："你在喊什么？！"

秦大奶奶揉揉眼睛看着蒋一轮："这话问得！你听不出来我在喊什么？"

"你赶快给我走开！"

"我往哪儿走？我要找我的鸡，找我的鸭，找我的鹅！"

文教干事被桑乔让进办公室，一边喝茶，一边冷着脸。等其他校长都来到办公室，各自说了课堂上的趣事之后，文教干事终于对桑乔说："老桑，你这油麻地小学，到底是学校还是鸡鸭饲养场？"

桑乔叹息了一声。但桑乔马上意识到：彻底解决问题的时机已经成熟。他将情况以及自己的想法都向文教干事说了。

其他校长都走了，但文教干事留下了。他本是桑乔多年的朋友，而油麻地小学又是他最看好的学校。他决心帮助桑乔。当晚，由油麻地小学出钱办了几桌饭菜，把油麻地地方领导全都请来吃一顿，然后从食堂换到办公室，坐下来一同会办此事。一直谈到深夜，看法完全一致：油麻地小学必须完整；油麻地小学只能是学校。具体的措施也从当天夜里开始——落实。

4

不出三天，地方上就开始在一条新开的小河边上再次为秦大奶奶造屋。

"他们还是要撵我走呢。"秦大奶奶拄着拐棍，久久地站在她的艾地里。她想着秦大，想着当年的梦想，想着那一地的麦子，想着月光下她跟秦大醉了似的走在田埂上，想着她从乡下到区里、县里的奔波与劳顿……她在风里流着老泪。

房子盖好了。

人们来请秦大奶奶搬家。她说："我想搬，早搬了。前些年，不是也给我盖过房子，我搬了吗？"

"这回是必须搬！"

"我家就在这儿！"

知道来软的不行，只好来硬的。几个壮劳力，找来一块门板。一个大汉，将她轻轻一抱，就抱起来了，随即往门板上一放，说声："抬！"她就被人抬走了。或许是她感到自己已太老了，这一回，她没有作任何挣扎，乖乖地躺在门板上，甚至连叫唤都不叫唤一声。抬到新房子门前，她也不下来，是人把她抱进屋里的。

油麻地小学派了一帮师生,将小草房里的东西,抬的抬,扛的扛,拎的拎,捧的捧,全都搬了过来。那些鸡、鸭、鹅,也都为它们早已准备好了窝,一只只地被孩子们捉住抱了过来。

秦大奶奶被扶到椅子上。她的样子似乎使人相信,这一回,她已不得不接受这一事实了。

家是中午搬完的。在此之后,从地方到学校,许多人都在注视着她的动静。一直到天黑,人们也未见她再回油麻地小学校园。

桑乔长长地舒了一口气。

吃完晚饭,桑桑做作业,心思总是飘忽不定。有那么片刻的时间,桑桑的眼前出现了那一片艾地,而秦大奶奶正躺在艾地里。他放下作业本,就往艾地走。他远远地看到了那片艾地——小屋不在了,就只剩下那一片艾地了。艾地在月光下静悄悄的。但他还是朝艾地走去了,仿佛那边有个声音在召唤着他。

艾的气味渐渐浓烈起来。

桑桑走到了艾地边上。他立即看到艾地中央躺着一个人。他一点儿也不感到害怕,甚至一点儿也不感到吃惊。他用手分开艾走过去,叫着:"奶奶!"

秦大奶奶的声音:"桑桑。"

桑桑在她身边蹲了下去。

艾遮住了这一老一小。

"奶奶,你不能睡在这儿。"

"我不走,我不走……"她像一个孩子那样,不住地说。

桑桑站起来,四下张望着:空无一人。他希望有个人走过来,希望有人知道秦大奶奶躺在艾地里。

没有人走过来。桑桑就默默地蹲在她身旁。

"回家吧，天晚啦。"她说。

桑桑跑出了艾地，跑到办公室门口，对老师们嚷着："秦大奶奶躺在艾地里！"又急忙跑回家，对父亲大声说："秦大奶奶躺在艾地里！"

不一会儿，桑乔和老师们就赶到了艾地。

手电的亮光下，秦大奶奶蜷曲着身子，在艾丛中卧着，一声不响。

桑乔让她回那个新屋，她也不发脾气，就一句话："我就躺在这儿。"

桑乔让人去找地方上的干部。地方上的干部过来看后，又找了几个大汉，同样用白天的办法，拿一块门板，将她抬回新屋。她又像白天一样，不作挣扎，由你抬去。

这一夜，桑桑睡觉，总是一惊一乍的。睡梦中老出现那片艾地，并总出现秦大奶奶躺在艾地里的情景。天才蒙蒙亮，他就跳下床，轻轻打开门，跑向艾地。

艾地里果真躺着秦大奶奶，她一身的寒霜。

桑桑就坐在她的身边，一直到太阳出来，阳光照到这片艾地上。

以后的日子里，秦大奶奶就在"被人发现在艾地里、被人抬走、又被人发现在艾地里、又被人抬走"这样一个循环往复的过程中一日一日地度过。人们被她搞得非常疲倦，再叫人来抬，就越来越不耐烦了："冻死她拉倒了，这可恶的老东西！"又抬了几次，就真的没人去管她了。又过了两天，人们看见她到处捡着木棍、草席之类的东西，在原先的小屋处开始搭一个窝棚。未等她搭起来，就被人拆了。她既不骂人，也不哭，又去捡木棍、草席之类的东西，再去搭窝棚。搭了几回，拆了几回，村里一些老人就对那些还要去拆窝棚的年轻人说："她在找死呢。你们就不要再拆了。"

眼见着冬天就要到了。

桑乔又一次来到艾地，看到瘦弱的秦大奶奶正企图用一根细竹竿去支撑一张破席子，而竹竿撑不住弯曲下来了。他回到了办公室，对来了解情况的地方干部说："算了吧，缓缓再说吧。"

第二天，桑乔去找人，在西北角上，给秦大奶奶搭了个可以过冬的临时窝棚。

那天，桑乔又站在油麻地小学的最南端往艾地这边看，他在心里说了一句："这老太婆，实在可恶！"

5

后来的这段日子，相安无事。

春天到了。脱去冬装的孩子们，在春天的阳光下到处奔跑着。沉重的冬季，曾像硬壳箍住他们，使他们不能自由自在。他们龟缩在棉袄里，龟缩在屋子里，身体无法舒展，也无舒展的要求。油麻地小学的老师们在冬季里看得最多的情景就是：在凛冽的寒风中，那些无法抵御苦寒的孩子们，缩头缩脚地上学来，又缩头缩脚地回家去。平原的冬季永远让人处在刻骨铭心的寒冷之中。油麻地小学的老师们说："冬天，学生最容易管束。"因为，寒冷使他们失去了动的念头。今年的春天一下子就来了，油麻地小学的孩子们，望着天空那轮忽然有了力量的太阳，被冬季冻结住了的种种欲望，一下子苏醒了。他们再也不愿回到教室去。他们喜欢田野，喜欢村巷，喜欢河边，喜欢室外的所有地方。上课铃响过之后，他们才勉勉强强地走进教室。而在四十五分钟的上课时间里，他们总惦记着下课，好到教室外面撒野去。被罚站，被叫到办公室去训话的孩子，骤然增多了。平静了一个冬季的校园，忽然变得像雨后的池塘，处处蛙鸣。

二年级的小女孩乔乔，居然在竹林里玩得忘记了上课。

水上漂着一朵花

她拿了根细树枝,在竹林里敲着她周围的竹竿。听着竹竿发出高低不一但都同样好听的清音,她居然高兴得唱起来了。自我欣赏了一通之后,她走到河边。冰封的大河,早已融化成一河欢乐的流水,在阳光下飘着淡淡的雾气。河水流淌得稍稍有点急,将岸边的芦苇轻轻压倒了。几只黄雀就像音符一样,在芦秆上颤悠。

这时,乔乔看到水面上有一枝花,正从西向东漂流而来。它在水波中闪烁着,迷惑着乔乔,使她目不转睛地盯着它。

花过来了,一枝鲜红的月季花。

乔乔一边看着它,一边走下河堤。那枝月季花被水流裹着,沿着离岸不远的地方,马上就要漂流到她跟前时,她不顾一切地扑到水边,一手抓住岸边的杂草,一手伸出树枝。她决心要拦住那枝花。

冰雪融化之后的河坡,是潮湿而松软的,乔乔手中的杂草突然被连根拔起。还未等乔乔明白这究竟是怎么一回事,她就已经跌入水中。

那枝花在乔乔眼中一闪,就漂走了。

她呛了几口水,在水中挣扎出来。就在这一瞬间,她看到河堤上立着秦大奶奶的背影。她大叫了一声:"奶奶——"随即,就被漩流往下拖去。就在她即将永远地沉没于水中时,这个孩子看到,有一个人影,像一件黑色的布褂被大风吹起,从高处向她飘落下来……

那时,秦大奶奶正看着她的鸡在草丛里觅食。她听到喊声,转过身来,隐隐约约地见到一张孩子的面孔正在水中忽闪,一双手向天空拼命地抓着。她在震撼人心的"奶奶"的余音里,未来得及爬下河堤,就扑了下去……

乔乔在迷糊中,觉得有一双手将她的裤腰抓住了。

这显然是一双无力的手。因为乔乔觉得:她是在经过漫长的时间之后,才被这双手十分勉强地推出水面的。她的上半身刚被推送到浅滩上,那双手就在她的裤腰上无力地松开了。

河水在乔乔的耳畔响着。阳光照着她的面颊。她好像做了一场噩梦醒来了。她哇哇大吐了一阵水，坐起来，望着空空的河水，哭起来。

河那边有人出现了，问："你在哭什么？"

乔乔目光呆呆地指着河水："奶奶……奶奶……"

"哪个奶奶？"

"秦大奶奶。"

"她怎么啦？"

"她在水里……"

那人一惊，向身后大喊了几声："救人啊——"朝大河扑来。

秦大奶奶被人从水中捞起时，似乎已经没有气了。她湿漉漉地躺在一个大汉的臂弯里，被无数人簇拥着往河堤上爬去。她的双腿垂挂着，两只小脚像钟摆一样摆动着，银灰色的头发也垂挂着，不停地滴着水珠；她的脸颊上有一道血痕，大概是她在向水中扑倒时，被河坡上的树枝划破的；她的双目闭得死死的，仿佛永远也不会睁开了。河边上一时人声鼎沸："喊医生去！""已有人去啦！""牵牛去！""阿四家的牛马上就能牵到！""牛来了！""牛来了！""大家让开一条道，让开一条道！"……

阿四骑在牛背上，用树枝拼命鞭打那头牛。牛一路紧跑过来。

"快点把她放上去！"

"让牛走动起来，走动起来……"

"大家闪开，闪开！"

人群往后退去，留出一大块空地来。

秦大奶奶软手软脚地横趴在牛背上。

上午十点钟的太阳，正温暖地照着大地上的一切。

牛被阿四牵着，在地上不住地走着圆圈。

秦大奶奶仿佛睡着了，没有一点动静。

一个老人叫着："让牛走得快一点，快一点！"

牛慢慢地加速。

那个叫乔乔的小女孩在惊魂未定的状态里，抽泣着向人们诉说："……我从水里冒了出来……我看到了奶奶……我就叫：奶奶……"

秦大奶奶依然没有动静。人们的脸上，一个个露出了失望的神情。

桑桑没有哭，也没有叫，一直木呆呆地看着。

乔乔跺着脚，大声叫着："奶奶——奶奶——"

这孩子的喊叫声撕裂了春天的空气。

一直在指挥抢救的桑乔，此时正疲惫不堪地蹲在地上。下河打捞而被河水湿透了的衣服，仍未换下。他在带着寒意的风中不住地打着寒噤。

乔乔的父亲抹着眼泪，把乔乔往前推了一下，对她说："大声叫奶奶呀，大声叫呀！"

乔乔就用了更大的声音去叫。

桑乔招了招手，把蒋一轮和温幼菊叫了过来，对他们说："让孩子们一起叫她，也许能够叫醒她。"

于是，孩子们一起叫起来："奶奶——"

声音排山倒海。

牵牛的阿四忽然看到牛肚上有一缕黄水在向下流淌，仔细一看，只见秦大奶奶的嘴角正不住地向外流水。他把耳朵贴在她的后背上听了听，脸上露出欣喜的表情。他抹了一把汗，把牛赶得更快了。秦大奶奶的身体在牛背上有节奏地颠动着。

大约过了半个小时，人们从牛背上听到了一声沉重的叹息声。

人们连忙将她从牛背上抱下，抱回她的窝棚。

"男人们都出去！"

桑桑的母亲和其他几个妇女留在了窝棚里，给秦大奶奶换去了湿衣。

一直到天黑，小窝棚内外，还到处是人……

6

半个月以后，秦大奶奶才能下床。

在此期间，一日三餐，都是由桑桑的母亲给她做的。油麻地小学的女教师以及村里的一些妇女，都轮流来照料她。

这天，她想出门走走。

桑桑的母亲说："也好。"就扶着她走出了窝棚。

阳光非常明亮。她感到有点晃眼，就用颤颤抖抖的手遮在眼睛上。她觉得，她还从未看到过这样高阔、这样湛蓝的天空。天虽然已经比较暖和了，但她还是感到有点凉，因为她的身体太虚弱。桑桑的母亲劝她回窝棚里，她摇摇头："我走走。"

艾地里，新艾正在生长。艾味虽然还没有像夏季那么浓烈，但她还是闻到了那种苦香。

桑桑的母亲扶着她往前走时，直觉得她的衣服有点空空荡荡的。

她走到校园里。

孩子们把脑袋从门里窗里伸出来，一声接一声地叫她"奶奶"。

路过办公室门口时，老师们全都从椅子上站起来："走走？"

她说："走走。"

桑乔把藤椅端过来："坐下歇歇。"

她摇摇头："我走走。"

又过了半个月，在她能独自走动的时候，油麻地的人一连好几天，都看到了这个形象：一大清早，秦大奶奶抱了一只鸡，或抱了一只鸭，拄着拐棍，晃着小脚，朝集市上走去，中午时分，她空手走了回来。

没过多久，油麻地小学的孩子们再也听不到鸡鸭鹅的叫声了。

老师们还几次发现，不知谁家的鸭子钻进了油麻地小学的菜园，秦大奶奶在用拐棍轰赶着。赶走了之后，她怕它们会再回来，还久久地守在菜园边上。

去艾地的孩子们越来越多，尤其是一些女孩子，一有空，就钻到她的小窝棚里，仿佛那儿是一个最好玩的地方。秦大奶奶喜欢给她们扎小辫，扎各种各样的小辫。到了秋天，她们就请她染红指甲。秦大奶奶采了凤仙花，放在陶罐里，加上明矾，将它们拌在一起，仔细地捣烂，然后敷在她们的指甲上，包上麻叶，再用草扎上。过四五天，去了麻叶，她们就有了红指甲，透明的、鲜亮鲜亮的红指甲。有了红指甲的女孩，就把手伸给那些还没有染红指甲的女孩，说："奶奶染的。"如果哪堂课上，老师发现有一个女孩没上课，就对一个同学说："去秦大奶奶的小窝棚找找她。"

秦大奶奶似乎越来越喜欢在校园里走。夏天以来，她的听觉突然一下子减退了许多，别人声音小了点，她一般都听不到，非得大声向她说话不可。她在校园里走，看见孩子们笑，并不知道他们究竟在笑什么，也跟着笑。孩子们在操场上上体育课，她就拄着拐棍，坐在土台上，从头到尾地看，就像看一台戏。她并不太清楚，这些孩子做着整齐划一的动作，究竟是为了什么。如果是一场篮球赛，她见球滚过来了，就会用拐棍将球拦住——她老了，动作跟不上心思，常常是拦不住。球从拐棍下滚走了。孩子们就笑，她也笑。球有时会滚到池塘里，这时，就会有一个孩子走到她跟前，大声向她说："奶奶，用一下你的拐棍！"她也许并没有完全听清楚那个孩子说了些什么，但她明白那个孩子想干什么，就把拐棍给了他。她最喜欢做的一件事，就是趴在窗台上，看孩子们上课，能从一开始，直趴到结束。其实，她一句也没有听见。即使听见了，她也听不明白。有时，孩子们免不了要善意地捉弄她，在老师还没有走上讲台之前，把她搀到讲台上。她似乎意识到了这是孩子们在捉弄她，又似乎没有意识到。她站在讲台上时，下面的孩子就笑得前仰后合。这时，讲课的老师正巧来了，见她站在讲台上，也憋不住笑了。这下，她就知道了，肯定是孩子们在捉弄她，就挥起拐棍，作一个要打他们的样子，晃着小脚走出教室。

老师们还几次发现，当他们在半夜里听到了刮风下雨的声音，想起教室的门窗还没关好，起来去关时，只见秦大奶奶正在风雨中，用拐棍在那儿关着她够不着的窗子。

她在校园里到处走着，替桑乔好好地看着这个油麻地小学。见着有人偷摘油麻地小学的豆荚，她会对那个人说："这是学校的豆荚！"

记着从前的秦大奶奶的人，就觉得她很好笑。几个岁数大的老婆婆，见到她守着学校的荷塘怕人把莲子采了去，就说："这个老痴婆子！"

不知不觉中，油麻地小学从桑乔到老师，从老师到孩子，都把秦大奶奶看成了油麻地小学的一员。

日子就这样一天一天地过去了。

这一年春天，油麻地小学由于它的教学质量连年上乘，加上校园建设的花园化、风景化，引起了县教育局的注意。这一天，将有县教育局组织的庞大参观团来这里开现场会。这些日子，桑乔一直处在一种充满荣耀感的感觉中，平时走路，本来头就朝天上仰，现在仰得更厉害了。到了晚上，他在校园里的树林、荷塘边或小桥上走一走，就会禁不住朝天空大声吼唱。现场会召开的头一天，他才让自己冷静下来：方方面面，都得仔细，定要把事情做得滴水不漏、无一点瑕疵。他在校园里到处走，绝不肯放过一个角落。看到油麻地小学像用大水冲刷了数十遍，一副清新爽目的样子，桑乔终于满意了，就把大藤椅搬到办公室的走廊下，然后舒坦地坐在上面，跷起双腿，半眯起眼睛。朦胧中，他听到一阵孩子的嬉笑声。睁开眼睛时，就见那些嬉笑的孩子正在走过来。他叫住几个孩子问："你们笑什么？"

几个孩子告诉他，他们正上着课呢，站在门口的秦大奶奶听着听着，就挂着拐棍，站到了教室的后边，一直站到他们下课。

桑乔也笑了。但他很快就不笑了。在这之后，桑乔的眼前，就老有秦大奶奶挂着拐棍在校园里走动的样子。他就有了许多担忧：万一明天，她也久久地站在教室门口甚至会走进教室，这可怎么办呢？这一年来，秦大奶奶老得很快，有点像老小孩的样子了。

晚上，桑乔找到了温幼菊，对她说："明天，你带秦大奶奶去镇上，看场戏吧。"

温幼菊明白桑乔的意思。她也觉得这样做更好一些，说："好的。"

第二天，在参观团还未到达油麻地小学时，在温幼菊的一番热情劝说下，秦大奶奶跟她走了。她是很喜欢看戏的。到了镇上剧场，温幼菊不喜欢看这些哭哭啼啼、土头土脑的戏，把秦大奶奶安排好，就去文化站找她的朋友了。戏开演了。秦大奶奶一看，是她看得已不要再看的戏，加上心里又忽然记起要给乔乔梳小辫——与乔乔说好了的，就走出了剧场，一点没作停留，回油麻地了。

秦大奶奶走回油麻地小学时，参观团还未走，那些人正在校园里东一簇西一簇地谈话。她虽然老了，但她心里还很明白。她没有走到人前去，而是走了一条偏道，直接回到了她的小窝棚，并且在参观团的人未走尽时，一直没有露面。

傍晚，桑桑给秦大奶奶送他母亲刚为她缝制好的一件衣服，看到秦大奶奶正在收拾着她的东西。

"奶奶，你要干什么？"

她坐在床边，颤巍巍地往一个大柳篮里装着东西："奶奶该搬家啦。"

"谁让你搬家啦？我听我爸说，过些日子，还要把这个小窝棚扒了，给你重盖小屋哩，草和砖头都准备好了。"

她用手在桑桑的头上轻轻拍了拍："谁也没有让我搬家，是奶奶自己觉得该搬家啦。"

桑桑赶紧回去，把这事告诉父亲。

桑乔立即带了几个老师来到小窝棚阻止她，劝说她。

然而，她却无一丝怨意，只是说：

"我该搬家啦。"

就像当年谁也无法让她离开这里一样，现在谁也无法再让她留下来。

过去为她在校外盖的那间屋子，仍然空着。

桑乔对老师们说："谁也不要去帮她搬东西。"但看到秦大奶奶从早到晚，像蚂蚁一样将东西一件一件往那个屋子搬，他又只好让师生们将她所有的东西都搬了过去。

秦大奶奶终于离开了油麻地小学，油麻地小学的全体师生，都觉得油麻地小学好像缺少了什么。孩子们上课时，总是朝窗外张望。

桑桑每天都要去秦大奶奶的新家。

过不几天，其他孩子，也开始三三两两地到秦大奶奶的那个新家去了。

离开了油麻地小学的秦大奶奶，突然感到了一种孤单。她常常长时间地站在屋后，朝油麻地小学眺望。其实，她并不能看到什么——她的眼睛已经昏花了。但她能想象出孩子们都在干什么。

春天过去了，夏天也过去了，秋天到了。

这天下着雨，桑桑站在校园门口的大树下，向秦大奶奶的小屋张望，发现小屋的烟囱里没有冒烟，就转身跑回家，把这一发现告诉了父亲和母亲。

父亲说：

"莫不是她病了？"

于是一家三口，赶紧冒着雨去小屋看秦大奶奶。

秦大奶奶果然病倒了。

油麻地小学的老师轮流守护了她一个星期，她也没有能起来。

桑乔说："趁机把她接回校园里住吧。"于是赶紧找人来盖房子。

在一个天气晴朗的日子里，秦大奶奶又被人背回了油麻地小学，住进了新为她盖的小屋。

7

桑桑读完五年级的那个暑假，这一天，和往常一样。但在黄昏时分，桑桑的号啕大哭，告诉这里的所有人：秦大奶奶与油麻地的人们永远地分别了。

她既不是病死，也不是老死，而是又掉到了水中被淹死的。

上回，她是为了救一个孩子而落入水中，而这一次落水，仅仅是为油麻地小学的一只南瓜。

几天前，她就发现，在一根爬向水边去的瓜藤上，有一只南瓜已经碰到水面了。昨天下了一夜的雨，今天那只南瓜，已几乎沉入水中了。水流不住地冲着那只南瓜。眼见着瓜要成熟了，她想将那只南瓜拉出水面，让它躺到坡上。她顺坡滑了下去，然而却滑到了水中。也许是因为她太老了，她几乎没有一点挣扎，就沉入水中。当时，对岸有一个妇女正在水边洗衣服，看到她要用拐棍去捞那只南瓜，就阻止她，但她的耳朵已聋得很深了，没有听见。还未等这个妇女反应过来，她就滑入了水中……这一回，她再没有活过来。

晚上，油麻地小学的全体老师都来为她守灵。

她穿上了桑桑的母亲早已为她准备好的衣服，躺在用门板为她搭的床上。脚前与头前，各点了一支高高的蜡烛。

桑桑一直坐在她的身边。他看到烛光里的秦大奶奶，神情显得十分安详。有时，大人们偶尔离去，只剩他一人坐在那儿时，他也一点不感到害怕。

在把秦大奶奶装入棺材之前，桑乔亲自用镰刀割了一捆艾，将它们铺在棺材里。

来观看的人很多。

按当地风俗，给这样的老人封棺时，应取一绺儿孙的头发，放在老人的身旁。然而，秦大奶奶并无儿孙。有人想到了桑桑，就同桑桑的母亲商量："能不能从桑桑的头上取一绺头发？"

桑桑的母亲说："老人在世，最喜欢的一个孩子就是桑桑。他就该送她一绺头发。"

有人拿来剪子，叫："桑桑，过来。"

桑桑过来了，把头低下。

一绺头发被剪落在纸上。以后，它们就将永远地去伴随老人。

给秦大奶奶送葬的队伍之壮观，是油麻地有史以来所没有的，大概也是油麻地以后的历史里不可能有的。油麻地小学的老师与孩子们，一个挨一个地排着，长长的队伍在田野上迤逦了一里多地。

墓地是桑乔选的，是一块好地。他说："老人生前喜欢地。"

墓前,是一大片艾,都是从原先的艾地移来的,由于孩子们天天来浇水,竟然没有一棵死去。它们笔直地挺着,在从田野上吹来的风中摇响着叶子,终日散发着它们特有的香气。

香坟

选自长篇小说《草房子》

芦花鞋

(背景提示:小女孩葵花与爸爸相依为命。她随爸爸来到了大麦地的"五七干校"。大麦地有大片的葵花田。葵花的爸爸经常去那片葵花田画画。

有一次,葵花到河边玩耍,遇到了危险。正在放牛的哑巴男孩青铜救了她。不久,葵花的爸爸在葵花田作画时被淹死,葵花成了孤儿。贫穷而善良的青铜一家按照葵花的意愿领养了葵花。)

1

使大麦地人感到奇怪的是,小女孩葵花一夜之间就融入了那个家庭,甚至还要更短暂一些——在她跨进青铜家门槛的那一刻,她已经是奶奶的孙女,爸爸妈妈的女儿,青铜的妹妹。

就像青铜曾是奶奶的尾巴一样,葵花成了青铜的尾巴。

青铜走到哪,她就跟到哪。几乎没有用什么时间,葵花就能与青铜交流一切,包括心中最细微的想法,而且这种交流如水过平地一般流畅。

悠闲的或忙碌的大麦地人,会不时地注目他们:

阳光明亮,空旷的田野上,青铜带着葵花在挖野菜,他们走过了一条田埂又一条田埂。有时,他们会在田埂上坐一会儿,或躺一会儿。往

两个人的田野

回走时，青铜会背上一大网兜野菜，而葵花的臂上也会挎一只小小的竹篮，那里头装的也是野菜。

下了一夜大雨，到处都是水。

青铜、葵花，一人穿着蓑衣，一人戴着一个大斗笠，一人拿着渔网，一人背着鱼篓出了家门。雨丝不断，细细地织成银帘。那么大的田野，就他们两个。天空下，是一片湿漉漉的安静。他们走走停停，停停走走。一会儿，青铜不见了——他下到水渠里用网打鱼去了，只见葵花一人抱着鱼篓蹲在那里。一会儿，青铜又出现了——他拖着网上来了。两个人弯腰在捡什么？在捡鱼，有大鱼，有小鱼。或许是收获不错，两个人都很兴奋，就会在雨地里一阵狂跑。青铜跌倒了——是故意的。葵花见青铜跌倒了，也顺势跌倒了——也是故意的。回来时，那鱼篓里尽是活蹦乱跳的鱼。

两个人常去那片葵花田。

那些葵花都已落尽了叶子落尽了花，葵花田显得疏朗起来。一只只葵花饼上，挤满了饱满的葵花子。或许是因为这葵花饼太重，或许是它们实际上已经死了，它们一株株都低垂着脑袋，无论阳光怎么强烈，它们再也不能扬起面孔，跟着太阳转动了。青铜是陪着葵花来看葵花田的。他们会长久地坐在葵花田边的高处。看着看着，葵花会站起来，因为她看到了爸爸——爸爸站在一株葵花下。青铜就会随着她站起来，顺着她的目光向前看——他只看到了一株又一株的葵花。但青铜却在心里认定，葵花确实看到了她的爸爸。大麦地村，也有人说过曾在月光下的葵花地里看到过葵花的爸爸。谁也不相信，但青铜却相信。每当他从葵花的眼中看出她想去葵花田时，就会放下手中的一切，带着她走向葵花田。

白天、夜晚、晴天、阴天，总能见到他们。青铜一身泥水，葵花也会一身泥水。

两个小人儿在田野上的走动、嬉闹，会不时地使大麦地人的心里荡起微微的波澜。那波澜一圈一圈地荡开去，心便湿润起来，温暖起来，纯净与柔和起来。

2

入秋，天光地净。

野了一个夏天的孩子们，忽然想起，再过几天，就要开学了，就更加发疯一般地玩耍着。

大人们已开始在心里盘算着孩子开学后所需要的各种费用。虽然数目不大，但对大麦地的大多数人家来说，却是一笔非同小可的开支。大麦地的孩子，有到了上学年龄就准时上学的，也有的到了上学年龄却还在校外游荡的。那是因为家里一时拿不出钱来，大人们想：就再等一年吧，反正就是为了识几个字，认识自己的名字就行了。就依然让那孩子一边傻玩，一边打猪草或放羊放鸭。有些孩子耽误了一年又一年，都到了十岁、十几岁了，眼看着再不上学就不能再上学了，这才咬咬牙，让孩子上学去。因此，在大麦地小学，同一个班上的孩子，年龄却悬殊，走出来，大大小小的，高高矮矮的，若站一条队伍，特别的不整齐。还有些人家干脆就不让孩子上学了。也有一些延误了几年的孩子，大人本有心让他上学的，他自己却又不愿意了。他觉得自己都长那么高了，还与那些小不点儿混在一起读一年级，实在不好意思。大人们说："长大了，可别怪家里没有让你念书。"也就由那孩子自己去决定他的前途了。上了学的，也有读不安稳的——欠学费，学校在不停地催要。若多少次点名之后，还不能将所欠的学费交齐，老师就会对那孩子说："搬了你的凳子，回家去吧。"那孩子就在无数双目光下，搬了凳子，哭哭啼啼地回家去了。也许，他因为补交了学费还会再回来读书，也许就永远不再回来了。

这些天，青铜家的大人们，每天夜里都睡不好觉。沉重的心思，压迫着他们。家里原先是准备了一笔钱的，那是让青铜进城里聋哑学校读书用的。青铜已经十一岁了，不能再不去读书了。城里有个远房亲戚，答应青铜可以在他家吃住。可葵花已经七岁，也到了上学年龄了。这里的人家，有些孩子，五岁就上学了。说什么，也得让葵花上学去。

爸爸妈妈将装钱的木盒端了出来。这些钱是一只只鸡蛋换来的，是一条条鱼换来的，是一篮篮蔬菜换来的，是从他们嘴里一口一口省下来的。他们将钱倒出来，数了又数，算了又算，怎么也不够供两个孩子同时上学。望着这一堆零碎的、散发着汗味的钱，爸爸妈妈一筹莫展。

妈妈说："把几只鸡卖了吧。"

爸爸说："也只有卖了。"

奶奶说："鸡正下蛋呢。卖了也不够。再说，这家里以后用钱，就靠这几只鸡下蛋了。"

妈妈说："跟人家借吧。"

爸爸说："谁家也不富裕，又正是要钱用的时候。"

奶奶说："从明日起，隔十天给孩子们吃一顿干饭。把省下的粮食卖掉换些钱吧。"

可是，所有这些办法即使都用上，还是凑不齐两个孩子的读书费用。商量来商量去，还是一个结论：今年只能供一人去上学。那么是让青铜上学还是让葵花上学呢？这使他们感到十分为难。思前想后，最终决定：今年先让葵花上学。理由是：青铜是个哑巴，念不念书，两可；再说，反正已经耽误了，索性再耽误一年两年的，等家境好些，再让他去读吧，一个哑巴，能识得几个字就行了。

大人们的心思，早被两个敏感的孩子看在眼里。

青铜早就渴望上学了。

当他独自走在村巷里或田野上时，他会被无边的孤独包裹着。他常常将牛放到离小学校不远的地方。那时，他会听到朗朗的读书声。那声音在他听来，十分的迷人。他知道，他永远不会与其他孩子一起高声朗读，但，他能坐在他们中间，听他们朗读，也好啊。他想识字。那些字充满了魔力，像夜间荒野上的火光一样吸引着他。有一段时间，他见了有字的纸就往回捡。然后一个人躲到什么地方去，煞有介事地看那些纸，仿佛那上面的字，他一个一个地都认识。看见那些孩子转动着小鸡鸡，用尿写出一个字来，或是看到他们用粉笔在人家的墙上乱写，他既羡慕，又羞愧——羞愧得远远待到一边去。他曾企图溜到小学校，想通过偷听学得几个字，但，不是被人赶了出来，就是变成了让那些孩子开心的对象。他们中间的一个忽然发现了他，说："哑巴！"于是，无数的脑袋转了过来。然后，他们就一起涌向他，将他团团围住，高声叫着："哑巴！哑巴！"他们喜欢看到他慌张的、尴尬的、滑稽的样子。他左冲右突，才能突出重围，在一片嬉笑声中，他连滚带爬地逃掉了。

上学，是青铜的一个梦。

然而现在事情明摆着：他和葵花妹妹，只能有一人上学。

夜晚，他躺在床上，眼睛骨碌骨碌地睡不着。但一到了白天，他好像什么也不想，依然像往日一样，带着葵花到田野上游荡去。

而葵花也显出没有任何心思的样子，一步不离地跟着青铜哥哥。他们仰脸去看南飞的大雁，去撑只小船到芦苇荡捡野鸭、野鸡、鸳鸯们留下的漂亮羽毛，去枯黄的草丛中捕捉鸣叫得十分好听的虫子……

这天晚上，大人们将他们叫到了面前，将安排告诉了他们。

葵花说："让哥哥先上学，我明年再上学，我还小哩，我要在家陪奶奶。"

奶奶把葵花拉到怀里，用胳膊紧紧地将她搂抱了一下，心酸酸的。

青铜却像是早就想好了，用表情、手势准确无误地告诉奶奶、爸爸和妈妈："让妹妹上学。我不用上学。我上学也没有用。我要放牛。只有我能放牛。妹妹她小，她不会放牛。"

这两个孩子就这样不停地争辩着，把大人心里搞得很难受。妈妈竟转过身去——她落泪了。

葵花将脸埋在奶奶的胸前，一个劲地哭起来："我不上学，我不上学……"

爸爸只好说："再商量吧。"

第二天，当事情依然不能有一个结果时，青铜转身进了房间，不一会儿捧出一只瓦罐来。他将瓦罐放在桌上，从口袋里掏出两只染了颜色的银杏来，一颗为红色，一颗为绿色。这里的孩子常玩一种有输赢的游戏，输了的，就给银杏。那银杏一颗颗都染了颜色，十分好看。许多孩子的口袋里都有五颜六色的银杏。青铜比画着说："我把一颗红银杏、一颗绿银杏放到瓦罐里，谁摸到了红银杏，谁就上学去。"

三个大人疑惑地望着他。

他朝他们悄悄地打着手势："你们放心好了。"

大人们都知道青铜的聪明，但他们不知道青铜到底要什么名堂，有点儿担心会有别样的结果。

青铜又一次悄悄向他们做出手势。那意思是说："万无一失。"

大人们交换了一下眼神，同意了。

青铜问葵花："你明白了吗？"

葵花点点头。

青铜问葵花："你同意吗？"

葵花看看爸爸、妈妈，最后看着奶奶。

奶奶说："我看呀，这是好主意呢。"

葵花便朝青铜点点头。

青铜说："说话可要算数！"

"算数！"

妈妈说："我们在旁边看着，你们两个，谁也不得要赖！"

青铜还是不放心，伸出手去与葵花拉了拉钩。

奶奶说："拉钩上吊，一万年不变。"

葵花转过头来，朝奶奶一笑："拉钩上吊，一万年不变。"

爸爸妈妈一起说："拉钩上吊，一万年不变。"

青铜将瓦罐口朝下晃了晃，意思是："这里头空空的，什么也没有。"

然后，他将左手张开，走到每个人的面前，让他们仔细地看着：这手掌只是一红一绿两颗银杏。

所有的人，都一一地点了点头：看到了，看到了，一红一绿两颗银杏。

青铜合上手掌，将手放进瓦罐，过了一会儿，将手从瓦罐里拿了出来，捂住瓦罐口，放在耳边用力摇动起来——谁都清晰地听到了两颗银杏在瓦罐里跳动的声音。

青铜停止了对瓦罐的摇动，将它放在桌子上，示意葵花先去摸。

葵花不知道先摸好还是后摸好，转头望着奶奶。

奶奶说："田埂上，拔茅针，后拔老，先拔嫩。葵花小，当然葵花先来。"

葵花走向瓦罐,将小手伸进瓦罐里。两颗银杏躺在黑暗里,她一时竟不知道究竟抓哪一颗好了。犹豫了好一阵,才决定抓住一颗。

青铜向爸爸妈妈奶奶和葵花说:"不准反悔!"

奶奶说:"不准反悔!"

爸爸妈妈说:"不准反悔!"

葵花也小声说了一句:"不准反悔!"声音颤颤抖抖的。她抓银杏的手,像一只怕出窠的鸟,慢慢地出了瓦罐。她的手攥成拳头状,竟一时不敢张开。

奶奶说:"张开啊。"

爸爸说:"张开啊。"

妈妈说:"张开看看吧。"

葵花闭起双眼,将手慢慢张开了……

大人们说:"我们已经看到了。"

葵花睁眼一看:一颗红的银杏,正安静地躺在她汗津津的掌心里。

青铜将手伸进瓦罐,摸了一阵,将手拿出瓦罐,然后将手张开:掌心里,是一颗绿色的银杏。

他笑了。

奶奶、爸爸、妈妈都望着他。

他还在笑,但已含了眼泪。他永远也不会说出这里头的秘密的。

3

葵花是一个胆小的女孩,无论是上学,还是放学回家,总有点儿害怕。因为家离学校有很长一段路,中间还要经过一片荒地。本来是有几个同路的孩子的,但她与大麦地村的孩子们还没有熟悉,大麦地村的孩子们也还觉得，她不是大麦地村的，她与大麦地人不大一样，因此，总有那么一点儿隔膜。

小小人儿，她独自一人上学去，奶奶、爸爸、妈妈也都不太放心。

青铜早想好了，他送，他接。

大麦地有历史以来，大概就从来没有过这样的情景：一个小女孩每天都骑着牛上学，还有一个小哥哥一路护送着。每天早上，他们准时出发，放学时，青铜和牛就会准时出现在学校门口。早晨，一路上，葵花在牛背上背诵课文，到了学校，就已背得滚瓜烂熟了。放学回家的路上，葵花就在心里做那些数学题，回到家，不一会儿就能完成家庭作业。每回，青铜把葵花送到学校后，葵花都是跑进校园后，又很快再跑出来："哥哥，放学了，我等你。"她就生怕青铜将她忘了。青铜怎能把她忘了呢？也有一两回，青铜因为爸爸交牛交晚了，迟了一些时候，等赶到学校时，葵花就已经坐在校门口掉眼泪了。

下雨天，路上的泥土成了油滑油滑的泥糊，许多孩子从家里走到学校时，鞋上已尽是烂泥，还有摔倒的，一身泥迹斑斑。但，葵花却浑身上下，都是干干净净的。女孩们羡慕得都有点儿嫉妒了。

青铜一定要接送葵花的另一个原因是为了防止嘎鱼欺侮葵花。

嘎鱼与青铜一样大，也没上学。不是没有钱上学，而是不肯好好念书。一连三年留级，还是倒数第一名。他爸爸见他写不出几个字来，就将他绑在树上揍他："你学得的东西都哪里去了？！"他回答道："都又还给老师了！"不好好念书倒也罢了，他还爱在学校闹事、闯祸。今天跟这个打架，明天跟那个打架，今天打了教室的玻璃，明天把刚栽下去的小树苗弄断了。学校找到他爸爸："你家嘎鱼，是你们主动领回去呢？还是由学校来开除？"他爸爸想了想："我们不上了！"从此嘎鱼一年四季就游荡在了大麦地村。

葵花上学、放学的路上，嘎鱼会赶着他的鸭群随时出现。他常将他的那群鸭密密麻麻地堵在路上。那群鸭在前头慢吞吞地走着。嘎鱼不时回过头来，不怀好意地看一眼青铜和葵花。他好像一直在寻找空子——青铜不在的空子。然而，一个学期都快过去了，也没有找到这个空子。

青铜发誓，绝不给嘎鱼这个机会。

嘎鱼似乎有点儿害怕青铜。青铜在，他也就只能这样了，心里很不痛快，压抑得很。于是，他就折腾他的鸭群。他把它们赶得到处乱跑，不时地，会有一只鸭挨了泥块，就会拍着翅膀，嘎嘎地惊叫。

青铜和葵花不理他，依然走他们的路。

4

青铜的家像一辆马车。一辆破旧的马车。在过去的许多年里，它在坎坷不平的路上，风里雨里地向前滚动着。车轴缺油，轮子破损，各个环节都显得有点松弛，咯吱咯吱地转动着，样子很吃力。但，它还是一路向前了，倒也没有耽误路程。

自从这辆马车上多了葵花，它就显得更加沉重了。

葵花虽小，但葵花聪慧，她心里知道。

临近期末，一天，老师到班上通知大家："明天下午，油麻地镇上照相馆的刘瘸子来我们学校为老师们照相，蛮好的机会，你们有愿意照相的，就预先把钱准备好。"

各班都通知到了，校园立即沸腾成一锅粥。

对于大麦地的孩子们来说，照相是一件让他们既渴望又感到有点儿奢侈的事情。知道可以从家里要到钱的，又蹦又跳，又叫又笑；想到也许能够要到钱，但这钱又绝不轻易能要到手的，那兴奋的劲头，就弱了许多，更多的是焦虑。还有一些心里特别明白这钱根本就不可能要到——不是大人不肯给，而是家里根本就拿不出一分钱，就有点儿自卑，有点儿失望与难过，垂头丧气地站在玩闹的人群外，默默无语。有几个知道不可能要到钱，却又十分希望能照一张照片的孩子，就在私下里，向那些有些钱的孩子借钱，并一口向对方许下了许多条件，比如帮他扛凳子、帮他做作业，再比如将家里养的鸽子偷出来一对送他。借到的，就很高兴，与那些心里有底的孩子一起欢闹；借不到的，就有点儿恼，朝对方："你记着，以后我再也不跟你好！"

对照相最热心的莫过于女孩子们。她们三五成群地待在一起，叽叽喳喳地商量着明天下午照相时，都选择一个什么样好看的风景照，又都穿一件什么样的衣服照。没有好看衣服的，就跟有好看衣服的说："你明天照完了，我穿一下你的衣服，行吗？""行。"得到允诺的这个女孩就很高兴。

教室内外，谈论的都是照相。

在此期间，葵花一直独自坐在课桌前。满校园的兴奋，深深地感染着她。她当然希望明天也能照一张相片。自从跟随爸爸来到大麦地后，她就再也没有照过一张相片。她知道，她是一个长得很好看的女孩。无论怎么照，那相片上的女孩都是让人喜欢的。她自己都喜欢。望着相片上的自己，她甚至有点儿惊讶，有点儿不相信那就是自己。看看自己的相片，让人看看自己的相片，真是一件令人高兴的事情。

她想看课文，可怎么也看不下去。但，她还是摆出了一副聚精会神看课文的架势。

有时，会有几个孩子扭过头来，瞥她一眼。

葵花似乎感觉到了这些目光，便将脸更加靠近课本，直到几乎将自己的脸遮挡了起来。

青铜来接葵花时，觉得今天的孩子，一个个很有些异样，像要过年似的，而只有妹妹，显得很落寞。

走在回家的路上，骑在牛背上的葵花，看到了一轮将要沉入西边大水中的太阳。好大的太阳，有竹匾那么大。橘红色的，安静地燃烧着。本是雪白的芦花，被染红了，像无数的火炬，举在黄昏时的天空下。

葵花呆呆地看着。

青铜牵着牛，心里一直在想：葵花怎么啦？他偶尔仰头看一眼葵花，葵花看到了，却朝他一笑，然后指着西边的天空："哥，有只野鸭落下去了。"

回到家，天快黑了。爸爸妈妈也才从地里干活回来。见他们一副疲惫干渴的样子，葵花去水缸舀了一瓢水，递给妈妈。妈妈喝了几大口，又将瓢递给爸爸。妈妈觉得，葵花真是个懂事的女孩。她撩起衣角，疼爱地擦了擦葵花脸上的汗渍。

像往常的夜晚一样，一家人在没有灯光的半明半暗的天光里喝着稀粥。满屋子都是喝粥的声音，很清脆。葵花一边喝，一边讲着今天一天在学校里发生的有趣的事情，大人们就笑。

青铜却端了碗，坐到了门槛上。

天上有一轮清淡的月亮。粥很稀，月亮在碗里寂寞地晃荡着。

第二天下午，油麻地镇照相馆的刘瘸子扛着他的那套家伙，一瘸一拐地出现在了大麦地小学的校门口。

"刘瘸子来了！"一个眼尖的孩子，首先发现，大声地说。

"刘瘸子来了！"看见的、没看见的，都叫了起来。

刘瘸子一来，就别再想上课了。各个教室，像打开门的羊圈，那些渴望着嫩草的羊，汹涌着，朝门外跑去，一时间，课桌被挤倒了好几张。几个男孩见门口堵塞，谁也出不去，便推开窗子，跳了出来。

"刘瘸子来了！"

刘瘸子就在他们面前，听见孩子们这般喊叫，也不生气。因为，他本就是瘸子。方圆数十里，就油麻地镇有一家照相馆。刘瘸子除了在镇上坐等顾客外，一年里头，会抽出十天半月的时间到油麻地周围的村子走动。虽是一个人，但动静却很大，就像一个戏班子或一个马戏团到了一般。他走到哪儿，仿佛将盛大的节日带到哪儿一般。到了下面，他的生意主要在学校，一些村里的姑娘们知道了，也会赶到学校。他就会在为老师学生照相的中间，穿插着给这些姑娘们照相。价格都比在他的相馆照时便宜一些。

像往常一样，先给老师照，然后给孩子们照。一个班一个班地照，得排好队。秩序一乱，刘瘸子就会把那块本来掀上去的黑布，往下一放，挡住了镜头："我不照了。"于是，就会有老师出来维持秩序。

井然有序，刘瘸子就会很高兴，就会照得格外的认真。笨重的支架支起笨重的照相机后，刘瘸子就会不停地忙碌，不停地喊叫："那一个女同学先照！""下一个！下一个！""身子侧过去一点！""头抬起来！""别梗着脖子！落枕啦？"……见那个人做不到他要求的那样，他就会一瘸一拐地走过来，扳动那人的身体，扭动那人的脖子，直至达到他的要求为止。

刘瘸子使校园充满了欢乐。

绝大部分孩子都筹到了照一张相的钱，有的孩子甚至得到照两张、三张相的钱。

刘瘸子很高兴，叫得也就更响亮，话也就说得更风趣，不时地引起一阵爆笑。

葵花一直待在教室里，外面的声浪，一阵阵扑进她的耳朵里。有个女孩跑回教室取东西，见到了葵花："你怎么不去照一张相？"

葵花支吾着。

好在那个女孩的心思在取东西上。取了东西,就又跑出去了。

葵花怕再有人看到她,便从教室的后面跑出来。她看到外面到处都是人。没有人注意到她。她沿着一排教室的墙根,一溜烟走出孩子们的视野,然后一直走到办公室后面的那片茂密的竹林里。

欢笑声远去了。

葵花在竹林里一直待到校园彻底安静下来。她走到校门口时,青铜已在那里急出一头汗来了。她见了青铜,轻声唱起奶奶教给她的歌:

　　南山脚下一缸油,
　　姑嫂两个赌梳头。
　　姑娘梳成盘龙髻,
　　嫂嫂梳成羊兰头。

她觉得这歌有趣,笑了。

青铜问她:"笑什么?"

她不回答,就是笑,笑出了眼泪。

一个星期后,青铜来接葵花时,发现那些孩子一路走,一路上或独自欣赏自己的照片,或互相要了照片欣赏着,一个个都笑嘻嘻的。葵花差不多又是最后一个走出来。青铜问她:"你的照片呢?"

葵花摇了摇头。

一路上,两人都不说话。一回到家,青铜就把这件事告诉了奶奶和爸爸、妈妈。

妈妈对葵花说:"为什么不跟家里说?"

葵花说:"我不喜欢照相。"

妈妈叹息了一声，鼻头酸酸的，把葵花拉到怀里，用手指梳理着葵花被风吹得散乱了的头发。

这一夜，除了葵花，青铜一家人都睡得不安心、不踏实。说不委屈这孩子的，还是委屈了她。妈妈对爸爸说："家里总得有些钱呀。"

"谁说不是呢。"

从此，青铜一家人更加辛勤地劳作。年纪已大的奶奶一边伺候菜园子，一边到处捡柴火，常常天黑了，还不回家。寻找她的青铜和葵花总见到，在朦胧的夜色中，奶奶弯着腰，背着山一样高的柴火，吃力地往家走着。他们要积攒一些钱，一分一分地积攒。他们显得耐心而有韧性。

5

青铜一边放牛，一边采集着芦花。

这里的人家，到了冬天，常常穿不起棉鞋，而穿一种芦花鞋。

那鞋的制作工序是：先是将上等的芦花采回来，然后将它们均匀地搓进草绳里，再编织成鞋。那鞋很厚实，像只暖和和的鸟窝。土话称它为"毛鞋窝子"。冬天穿着，即使走在雪地里，都很暖和。

收罢秋庄稼，青铜家就已决定：今年冬闲时，全家人一起动手，要编织一百双芦花鞋，然后让青铜背着，到油麻地镇上卖去。

这是家里的一笔收入，一笔很重要的收入。

想到这笔收入，全家人都很兴奋，觉得心里亮堂堂的，未来的日子亮堂堂的。

青铜拿着一只大布口袋，钻进芦苇荡的深处，挑那些毛茸茸的、蓬松的、银泽闪闪的芦花，将它们从穗上捋下来。头年的不要，只采当年的。那芦花很像鸭绒，看着，心里就觉得暖和。芦荡一望无际，芦花有的是，但青铜的挑选是十分苛刻的。手中的布袋里装着的，必须是最上等的芦花。他要用很长时间，才能采满一袋芦花。

星期天，葵花就会跟着青铜，一起走进芦苇荡。她仰起头来，不停地寻觅着，见到特别漂亮的一穗，她不采，总是喊："哥，这儿有一穗！"

青铜闻声，就会赶过来。见到葵花手指着的那一穗花真是好花，就会笑眯眯的。

采足了花，全家人就开始行动起来。

青铜用木榔头锤稻草。都是精选出来的新稻草，一根根，都为金黄色。需要用木榔头反复锤打。没有锤打之前的草叫"生草"，锤打之后的草叫"熟草"。熟草有了柔韧，好搓绳，好编织，不易断裂，结实。青铜一手挥着榔头，一手翻动着稻草，榔头落地，发出嗵嗵声，犹如鼓声，使地面有点儿颤动。

奶奶搓绳。奶奶搓的绳，又匀又有劲，很光滑，很漂亮，是大麦地村有名的。但现在要搓的绳不同往日搓的绳，她要将芦花均匀地搓进绳子里面去。但，这难不倒手巧的奶奶。那带了芦花的绳子，像流水一般从她的手中流了出来。那绳子毛茸茸的，像活物。

葵花拿张小凳坐在奶奶的身旁。她的任务是将奶奶搓的绳子绕成团。绳子在她手里经过时，她觉得很舒服。

等有了足够长的绳子，爸爸妈妈就开始编织。爸爸编织男鞋，妈妈编织女鞋。他们的手艺都很好，男鞋像男鞋，女鞋像女鞋，男鞋敦实，女鞋秀气。不管敦实还是秀气，编织时都要用力，要编得密密匝匝的，走在雨地里，雨要漏不进去。那鞋底更要编得结实，穿它几个月，也不能将它磨破。

月光下

当第一双男鞋和第一双女鞋分别从爸爸和妈妈的手中编织出来时,全家人欣喜若狂。两双鞋,在一家人手里传来传去地看个没够。

这两双芦花鞋,实在是太好看了。那柔软的芦花,竟像是长在上面的一般。被风一吹,那花都往一个方向倾覆而去,露出金黄的稻草来,风一停,那稻草被芦花又遮住了。它让人想到落在树上的鸟,风吹起时,细软的绒毛被吹开,露出身子来。两双鞋,像四只鸟窝,也像两对鸟。

接下来的日子里,他们就这样不停地锤草,不停地搓绳,不停地绕绳,不停地编织。生活虽然艰辛,但这家人却没有一个愁眉苦脸的。他们在一起,有说有笑。心里惦记着的是眼下的日子,向往着的是以后的日子。马车虽破,但还是一辆结结实实的马车。马车虽慢,但也有前方,也有风景。老老小小五口人,没有一个嫌弃这辆马车。要是遇上风雨,遇上泥泞,遇上坎坷,遇上陡坡,他们就会从车上下来,用肩膀,用双手,倾斜着身子,同心协力地推着它一路前行。

月光下,奶奶一边搓绳,一边唱歌。奶奶的歌是永远唱不完的。全家人都喜欢听她唱,她一唱,全家人就没有了疲倦,就会精精神神,活也做得更好了。奶奶摸摸身边葵花的头,笑着说:"我是唱给我们葵花听的。"

  四月蔷薇养蚕忙,
  姑嫂双双去采桑。
  桑篮挂在桑树上,
  抹把眼泪捋把桑……

6

青铜一家,老老少少,将所有空闲都用在了芦花鞋的编织上。他们编织了一百零一双鞋。第一百零一双鞋是为青铜编的。青铜也应该有一双新的芦花鞋。葵花也要,妈妈说:"女孩家穿芦花鞋不好看。"妈妈要为葵花做一双好看的布棉鞋。

接下来的日子里,青铜天天背着十几双芦花鞋到油麻地镇上去卖。

那是一个很大的镇子,有轮船码头,有商店,有食品收购站,有粮食加工厂,有医院,有各式各样的铺子,一天到晚,人来人往。

每双鞋之间,用一根细麻绳连着。青铜将麻绳晾在肩上,胸前背后都是鞋。他一路走,这些鞋就一路在他胸前背后晃动。

油麻地镇的人以及到油麻地来卖东西的各式小贩,见到青铜从镇东头的桥上正往这边走时,会说:"哑巴又卖芦花鞋来了。"

青铜会不时地听到人们说他是哑巴。青铜不在乎。青铜只想将这芦花鞋一双双卖出去。再说了,他本来就是个哑巴。为了卖出那些鞋,他一点儿也不想掩饰自己,他会不停地向人们做着手势,召唤人们来看他的芦花鞋:看看吧,多漂亮的芦花鞋啊!

会有很多人来围观。

或许是他的真诚打动了人,或许是因为那些芦花鞋实在太好了,一双双地卖了出去。

家中的小木盒里,那些零零碎碎的钱已经越堆越高。一家人,会不时地将这小木盒团团围住,看着那些皱皱巴巴的钱。

看完了小木盒,爸爸总是要掀起床板,然后将它藏到床下。

全家商量好了,等将所有的鞋卖了出去,要到油麻地镇上照相馆,请刘瘸子照一张体体面面的全家福,然后再给葵花单独补照一张,并且要上色。

  为了这些具体的和长远的不具体的安排，青铜会很早就站到油麻地镇桥头上一个最有利的位置。他用一根绳，拴在两棵树上，然后将芦花鞋一双一双地挂在绳子上。阳光照过来时，那些在风中晃动的芦花鞋，便闪烁着银色的光芒。这光芒十分迷人，即使那些根本不会穿芦花鞋的人，也不能不看它们一眼。

  已在冬季，天气很寒冷。尤其是在这桥头，北风从河面上吹上岸，刮在人的肌肤上，就像锋利的刀片一般。站不一会儿，脚就会被冻麻。那时，青铜就会在那里不停地蹦跳。蹦跳到空中时，他会看到一些站在地面上时看不到的景致。越过眼前的屋脊，他看到了后面一户人家的屋脊。那屋脊上落了一群鸽子。跳在空中的他，觉得那些被风掀起羽毛的鸽子很像他的芦花鞋。这没有道理的联想，使他很感动。落在地上时，再看他的芦花鞋，就觉得它们像一只只鸽子。他有点儿心疼起来：它们也会冷吧？

  中午，他从怀里掏出又冷又硬的面饼，一口一口地咬嚼着。本来，家里人让他中午时在镇上买几只热菜包子吃，但他将买包子的钱省下了，却空着肚子站了一天。家里人只好为他准备了干粮。

  青铜很固执，人家要还价，他总是一分钱也不让。这么好的鞋，不还价！当那些鞋一双双地卖出去时，他会有点儿伤心，总是一直看着那个买了芦花鞋的走远。仿佛不是一双鞋，被人家拿走了，而是他们家养的一只小猫或是一只小狗被人家抱走了。

  但他又希望这些芦花鞋能早一点儿卖出去。如果他看出有一个人想买，但又犹豫不决地走了时，他就会取下那双被那人喜欢上了的鞋，一路跟着。他也不说话，就这么执拗地跟着。那人忽然觉得后面有个人，回头一看，见是他，也许马上买下了，也许会说："我是不会买你的芦花鞋的。"就继续往前走。青铜会依然跟着。那人走了一阵，心里很不过意，就又停住了。这时，他会看到青铜用双手捧着芦花鞋，一双又大又黑的眼睛里，满是诚意。那人用手摸摸他的头，便将他的芦花鞋买下了，并说一句："这芦花鞋真是不错。"

还剩十一双芦花鞋。

天下了一夜大雪，积雪足有一尺厚，早晨门都很难推开。雪还在下。奶奶对青铜说："今天就别去镇上卖鞋了。"

爸爸妈妈也都对青铜说："剩下的十一双，一双是给你的，还有十双，卖得了就卖，卖不了就留着自家人穿了。"

在送葵花上学的路上，葵花也一个劲地说："哥，今天就别去卖鞋了。"进了学校，她还又跑出来，大声地对走得很远了的青铜说："哥，今天别去卖鞋了！"

但青铜回到家后，却坚持着今天一定要去镇上。他对奶奶他们说："今天天冷，一定会有人买鞋的。"

大人们知道，青铜一旦想去做一件事，是很难说服他放弃的。

妈妈说："那你就选一双芦花鞋穿上，不然你就别去卖鞋。"

青铜同意了。他挑了一双适合他的脚的芦花鞋穿上后，就拿起余下的十双芦花鞋，朝大人们摇摇手，便跑进了风雪里。

到了镇上一看，街上几乎没有人，只有大雪不住地抛落在空寂的街面上。

他站到了他往日所选择的那个位置上。

偶尔走过一个人，见他无遮无掩地站在雪中，就朝他挥挥手："哑巴，赶紧回去吧，今天是不会有生意的！"

青铜不听人的劝说，依然坚守在桥头上。

不一会儿，挂在绳子上的十双芦花鞋就落满了雪。

再过几天就要过年了,有个人到镇上来办年货,不知是因为雪下得四周朦朦胧胧的呢,还是因为这个人的眼神不大对,那些垂挂着的芦花鞋,在他眼里,竟好像是一只一只杀死的白鸭。他走过来,问:"鸭多少钱一斤?"

青铜不知道他在说什么,回头看了一眼。

那人用手一指说:"你的鸭,多少钱一斤?"

青铜忽然明白了,从绳子上取下一双芦花鞋来,用手将上面的积雪掸掸,捧到了那人面前。那人看清了,扑哧一声笑了。

青铜也笑了。

几个过路的,觉得这件事情太有趣,一边大笑着,一边在风雪里往前赶路。走着走着,就想起青铜来,心里就生了怜悯,叹息了一声。

青铜就一直在笑。想想,再掉转头去看看那十双鞋,就克制不住地笑,想停都停不住。

对面屋子里正烘火取暖的人,就站到了门口看着他。

青铜不好意思地蹲了下去,但还是在不停地笑,笑得头发上的积雪哗啦哗啦地掉进了脖子里。

看着他的人小声说:"这个孩子中了笑魔了。"

终于不笑了。他就蹲在那里,任雪不住地落在他身上。蹲了很久,他也没有站起来。见到他的人有点儿不放心,小声地叫着:"哑巴。"见没有动静,提高了嗓门:"哑巴!"

青铜好像睡着了,听到叫声,一惊,抬起头来。这时,头上高高一堆积雪滑落到地上。

围火取暖的人就招呼青铜:"进屋里来吧。这里能看到你的鞋,丢不了。"

青铜却摇了摇手,坚持着守在芦花鞋旁。

到了中午，雪大了起来，成团成团地往下抛落。

对面屋里的人大声叫着："哑巴，快回家吧！"

青铜紧缩着身子，愣站着不动。

有两个人从屋里跑出来，也不管青铜愿不愿意，一人抓了他一只胳膊，硬是将他拉进了屋里。

烤了一会儿火，他看到有个人在芦花鞋前停住不走了，乘机又跑了出来。

那人看了一阵，又走了。

屋里人说："这个人以为挂在绳子上的是杀死了的鸭呢！"

众人大笑。

青铜这一回没笑。他多么想将这十双鞋卖出去啊！可是都快到下午，却还没有卖出去一双！

望着漫天大雪，他在心里不住地说着："买鞋的，快来吧！买鞋的，快来吧！……"

雪在他的祈求声中，渐渐停住了。

青铜将芦花鞋一双双取下，将落在上面的积雪完全地扑打干净后，重又挂到绳子上。

这时，街上走来一行人。不像是乡下人，像是城里人。不知他们是哪一家干校的，马上要过年了，他们要从这里坐轮船回城去。他们或背着包，或提着包。那包里装的大概是当地的土特产。他们一路说笑着，一路咯吱咯吱地踩着雪走过来。

青铜没有召唤他们，因为他认为，这些城里人是不会买他的芦花鞋的。他们只穿布棉鞋和皮棉鞋。

他们确实不穿芦花鞋，但他们在走过芦花鞋时，却有几个人停住了。其余的几个人见这几个人停住了，也都停住了。那十双被雪地映照着的芦花鞋，一下吸引住了他们。其中肯定有一两个是搞艺术的，看着这些鞋，嘴里啧啧啧地感叹不已。他们忘记了它们的用途，而只是觉得它们好看——不是一般的好看，而是特别的好看。分明是鞋，但他们却想象不出它们究竟是什么东西。他们一时不能确切地说出对这些芦花鞋的感受，也许永远也说不明白。他们一个个走上前来，用手抚摸着它们——这一抚摸，使他们对这些鞋更加喜欢。还有几个人将它们拿到鼻子底下闻了闻，一股稻草香，在这清新的空气里，格外分明。

一个人说："买一双回去挂在墙上，倒不错。"

好几个人点头，并各自抓了一双，惟恐下手晚了，被别人都取了去。

一共九个人，都取了芦花鞋，其中有一个人取了两双，十双鞋都被他们抓在了手中。接下来就是谈价钱。青铜一直就疑惑着，直到人家一个劲地问他多少钱一双，他才相信他们真的要买这些鞋。他没有因为他们的眼神里闪现出来的那分大喜欢而涨价，还是报了他本来想卖的价。他们一个个都觉得便宜，二话没说，就一个个付了钱。他们各自都买了芦花鞋，一个个都非常高兴，觉得这是带回城里的最好的东西，一路走，一路端详着。

青铜抓着一大把钱，站在雪地上，一时竟有点儿反应不过来。

"哑巴，鞋也卖了，还不快回家！再不回家，你就要冻死了！"对面的屋子里，有人冲他叫着。

青铜将钱塞到衣服里边的口袋里，将拴在树上的绳子解下来，然后束在腰里。他看到对面屋子门口，正有几个人看着他，他朝他们摇了摇手，发疯一般在雪地上跑了起来。

天晴了，四野一片明亮。

青铜沿着走来的路往回走着。他想唱歌，唱奶奶搓绳时唱的歌。但他唱不出来，他只能在心里唱：

> 树头挂网柱求虾,
> 泥里无金空拨沙。
> 刺槐树里栽狗橘,
> 几时开得牡丹花?

赤脚走在大雪天

正唱着，有一个人朝他追了过来，并在他身后大声叫着："那个卖芦花鞋的孩子，你停一停！"

青铜停下了，转过身来望着向他跑过来的人。他不知道那人叫他干什么？心里满是疑惑。

那人跑到青铜跟前，说："我看到他们买的芦花鞋了，心里好喜欢，你还有卖的吗？"

青铜摇了摇头，心里很为那人感到遗憾。

那人失望地一摊手，并叹息了一声。

青铜望着那个人，心里觉得有点儿对不住他。

那人掉头朝轮船码头走去。

青铜掉头往家走去。

走着走着，青铜放慢了脚步。他的目光垂落在了自己穿在脚上的那双芦花鞋上。雪在芦花鞋下咯吱咯吱地响着。他越走越慢，后来停下了。他看看天空，看看雪地，最后又把目光落在了脚上的芦花鞋上。但心里还在颤颤抖抖地唱着歌。

他觉得双脚暖和和的。

但过了一会儿，他将右脚从芦花鞋里拔了出来，站在了雪地上。他的脚板顿时感到了一股针刺般的寒冷。他又将左脚从芦花鞋里拔了出来，站在了雪地上。又是一股刺骨的寒冷。他弯下腰，从雪地里捡起了一双

赤脚走在大雪天

芦花鞋,放在眼前看着。因为是新鞋,又因为一路上都是雪,那双鞋竟然没有一丝污迹,看上去,还是一双新鞋。他笑了笑,掉头朝那个人追了过去。

他的赤足踏过积雪时,溅起了一蓬蓬雪屑。

当那人正要踏上轮船码头的台阶时,青铜绕到了他前头,向他高高地举起了芦花鞋。

那人喜出望外,伸手接过了芦花鞋。他想多付一些钱给青铜,但青铜只收了他该收的钱,朝他摆了摆手,然后朝着家的方向,头也不回地跑动着。

他的一双脚被雪擦得干干净净,但也冻得通红通红……

选自长篇小说《青铜葵花》

哑巴的呼喊

1

葵花已读小学五年级了。

入秋以来,有一个消息,像一朵黑色的云彩,在大麦地飘来飘去:城里人要将葵花接回城里。

这个消息,是从哪儿传出来的,说不清楚。但大麦地人相信这个消息是真实的。在这一消息的传流过程中,加上了大麦地人的想象,使事情变得十分具体,让人越发地觉得这个消息是千真万确的。

青铜家的人,却并没有听到这个消息。

因此,大麦地的人在说这件事情的时候,都回头看一眼,看有没有青铜家的人在场。若正说着,见青铜家的人来了,或者是散去,或者是岔到另一个话题上:"今天挺凉的。"要不:"今天怎么这样热。"

他们不想让青铜家的人听到这个坏到底了的消息。

青铜家的人,从大麦地人的不自然的眼神中,似乎感觉到了他们在议论着一件有关他们家的事情。但他们一家人,谁也没有往这上头想。心里虽然有些疑惑,但一家子人,还是有说有笑地过着平平常常的日子。

最觉得有什么事情在瞒着他们一家人的是葵花。她会不时地感觉到翠环她们的眼睛里隐藏着什么,而且就是关于她的。她们总在一个角落上,一边用眼睛瞟着她,一边悄悄地议论什么,见她过来了,便大声叫起来:"葵花,我们跳房子吧!""葵花,我们来玩丢手绢吧!"

她们一直对她都很好,现在,她们对她比以往任何时候还要好。

葵花走路不小心,跌了一跤,膝盖碰破了一点儿,翠环她们几个女孩,就团团将她围住,一个劲地问:"疼吗?"放学回家,几个人居然轮流着背她回去。仿佛,她们能为葵花做事的机会,做一次就少一次了。

老师对葵花也显得格外的好。

全大麦地人,见了葵花,都显得格外的亲切。

这一天,葵花终于听到了这个消息——

她和翠环她们几个女孩在村子里捉迷藏,她钻到了草垛洞里,然后用一些草,将洞门挡住了。翠环和另外两个女孩找了一大圈也没找到葵花,最后找到了草垛下。她们绕着草垛转了一圈,还是没有发现葵花,就在草垛跟前站住了,说起话来:

"她藏到哪儿去了呢?"

"是啊,她藏到哪儿去了呢?"

"不知道我们和葵花还能玩多少回了?"

"听大人们说,城里很快就要来人带她走了。"

"青铜家不让她走,她自己也不肯走,他们也没有办法。"

"大人说了,可没有那么容易。人家不找青铜家,是直接找村里,有上头的人陪着来。"

"到底是什么时候来呀?"

"我听我爸说,说来就来了。"

过了一会儿,几个女孩一边说着,一边走开了。

草垛洞里的葵花全听见了。她没有立即钻出草垛洞，估计翠环她们几个已经走得很远了，才从草垛洞里钻出来。

她没有再找翠环她们去玩，而是直接回家了。

她有点儿魂不守舍的样子。

妈妈见了，疑惑地望着她："你怎么啦？"

她朝妈妈笑笑："妈，我没有怎么。"

回到家，她就坐在门槛上发呆。

晚上吃饭的时候，她心不在焉，看上去在吃饭，但好像那饭不是她吃的，而是别人吃的一般。

一家人，不时地看着她。

平常吃完晚饭，她都要缠着青铜，让他带着她去村子前面的空地上——那是晚间村里的孩子们聚集在一起疯玩的地方，而这一回吃了晚饭，她独自一人走到院子外边，坐在树下的蒲团上，朝天空的月亮、星星，很寂寞地看着。

秋天的夜晚，天空十分干净。星星为淡黄色，月亮为淡蓝色。天空非常高远，仿佛比春天的、夏天的、冬天的天空轻盈了许多。

葵花双手托着下巴，仰望着星空，呆呆傻傻的。

家里人没有惊动她，一个个都很纳闷。

不久，青铜无意中也听到了这个消息。他一听到这个消息，就急忙往家跑，路上还摔了一个跟头。见了爸爸妈妈，他连忙把他听到的告诉了他们。

爸爸妈妈这时再想起这些日子大麦地人看到他们时的那番神情，顿时明白了。他们一时都愣在了那里。

青铜："是真的吗？"

爸爸、妈妈不知道怎么回答。

青铜："葵花她不能走！"

爸爸、妈妈宽慰他："葵花不会走的。"

青铜："不能让她走！"

爸爸、妈妈说："不会让她走的。"

爸爸去了村长家，直截了当地问村长，是不是有这回事。

村长说："有这回事。"

爸爸的脑袋像黑暗中被人用榔头敲打了一下，一阵发晕。

村长说："人家城里确实想把葵花接走，但也不是说想接走就接走的。对你们家，他们总会有个说法的。"

爸爸说："我们不要什么说法，告诉他们，谁也不能把她接走！"

村长说："可不是嘛！"

爸爸感到心里头一阵阵发虚。

村长说："话也就是这么说着。你先别放在心上。"

爸爸对村长说："到时候，你可得帮着说话！"

村长说："那当然了！噢，想接走就接走了？天下没有这样的道理！"

爸爸也说："没有这样的道理！"

村长还是说："没有这样的道理！"

既然没有这样的道理，又有什么好担忧的？爸爸就回家了，对妈妈说："我们不管他们来不来接！"

"说得是呢！"妈妈说，"我倒看看谁能把她接走！"

话是这样毫不含糊地说着，但事情却还是在心里压着，并且越来越重。夜里，爸爸、妈妈都难以入睡。好不容易睡着了，又会突然地一惊，醒来了。醒来后就再也睡不着，心像煎熬着一般。

妈妈会下床点起油灯，走到葵花的小铺跟前，在灯光下，低着头看着葵花。

葵花有时候，也是醒着的，见妈妈往这边走，就会把眼睛闭上。

妈妈有时会长长地看着她，甚至会伸出手来，在她的脸蛋上轻轻抚摸一下。

妈妈的手很粗糙，但却使葵花心里很舒服。

黑暗里，还有另一双眼睛在骨碌碌地转动着，那就是青铜的眼睛。这些天，他总是提心吊胆的，好像总有一天，葵花会在路上突然被人家劫走了。因此，葵花上学时，他就远远地跟在后边，葵花放学时，他已早早地守在了学校的门口。

葵花瞒着爸爸、妈妈和哥哥，而爸爸、妈妈和哥哥也在瞒着她。

直到有一天，一艘白色的小轮船停在大麦地的码头上，双方才将事情说开。

那艘白色的小轮船是上午十点多钟的光景停靠在码头上的。

不知是谁看到了，也不知是谁传出一句话来：接葵花走的城里人来了！

迅捷就有人往青铜家通风报信。

爸爸一听，跑到河边上一看，果真有一艘白轮船，掉头就往家跑，对青铜说："你赶快去学校，先和葵花躲到什么地方去，等我这里与他们理论清楚了，你再和她出来！"

青铜一口气跑到学校，也不管老师正在上课，闯进教室，拉了葵花就往外跑。

葵花居然也不问一声哥哥这是怎么啦，跟着哥哥就往芦苇荡跑。

到了芦苇荡深处，他们才停住。

青铜："有人要接你回城里！"

葵花点点头。

青铜："你已知道了？"

葵花又点点头。

兄妹俩紧紧地挨着，坐在芦苇深处的一个水泊边。

他们在不安地听着外面的动静。

大约是在吃中午饭的时候，他们听到了妈妈的呼唤声。其间，还伴随着翠环她们的呼唤声。那是一种警报解除之后的呼唤声。

青铜和葵花听到了，但一时还是不敢走出来。后来，是青铜先觉得可以往外走了，但葵花却拉着他的手不肯动步。那样子，生怕有人在外面等着要将她抢走似的。青铜告诉她，已经没事了，肯定没事了，拉着她的手，才将她带出了芦苇丛。

见到了妈妈，葵花飞跑过去，扑到妈妈怀里，眼泪哗哗地哭起来。

妈妈拍着她的背："没有事，没有事。"

这只是虚惊一场，那艘白轮船是县上的。县长乘坐它下乡视察，路过大麦地，见是一个很大的村庄，四周又都是芦苇，说了一声"上去看看"，船就在大麦地的码头上停下了。

2

风声渐渐地淡了下去。

但秋风却是一天凉似一天。树上的叶子干焦焦的，已纷纷坠落。最后的一列雁阵飞过大麦地冷清的天空之后，大麦地已变成一片没有光泽的褐色。风一大，四下里是一片枯枝败叶相碰后发出的沙沙声。

青铜一家人，绷紧的心弦，也慢慢松弛下来。

日子像不在风雨时的大河，阳光下、月光下，一样地向东，一样地流淌着。

大约过了一个月，秋天走完了它的全部行程，冬天到了。

在一个看上去很正常的日子里，五个城里人，突然来到了大麦地。他们是由上头人陪着来的。到了大麦地，他们没有去葵花家，而是直奔村委会。

村长在。

他们对村长说明了来意。

村长说："难呢。"

上头的人说："难也得办。"

城里人也不知道怎么啦，把他们的一个小女孩放在大麦地养了好几年，好像忘了一般，这一会儿，突然惦记起来，并且还把接葵花回去当成了一件头等大事。市长都说话了：一定要把孩子接回来！

市长是原来的市长，下台好多年，并且去了一个偏远的地方，在那里劳动。现在又回到了这座城市，并且再次回到了自己的位置上，再度成为市长。他在视察自己的城市时，又见到了城市广场上的青铜葵花。当时，阳光明媚，那青铜葵花熠熠生辉，一派神圣，一派朝气蓬勃。这青铜葵花，是他当年在任时就矗立这里的。触景生情，他便问："作者在哪儿？"随行的人员告诉他：已经去世了——去干校劳动，淹死于大麦地村。市长听罢，望着默然无语的青铜葵花，一时竟悲上心头，眼里有了泪花。仅仅几年时间，这天底下发生了多少件天翻地覆的事情！他感叹不已。

后来，市长无意中得知作者的女儿还寄养在大麦地村，便作为一个很重要的问题在会议上提出来，并责成有关部门，抓紧时间将小女孩从大麦地村领回。有人表示为难，说："当时情况特殊，到底是寄养在当地老乡家的还是让当地老乡领养的，比较含糊。"市长说："不论是寄养，还是领养，都得给我带回来。"他望着地图上的大麦地，"孩子她太委屈了。我们怎么对得起她父亲!"

在市长的亲自关照下,拨出一笔数目不小的款项,专门为葵花设立了一个成长基金,对葵花回到城市之后的学习、生活以及她的未来,都进行了十分周到的安排。

城市在进行这一切时,大麦地村一如往常,在鸡鸣狗吠声中,过着平淡而朴素的日子,而青铜家的葵花,与所有大麦地的女孩一样,简简单单、活活泼泼地生活着。她就是一个普普通通的大麦地的女孩。

城市真的要让葵花回去了。

城里人对村长说:"无论提什么条件,我们都可以答应。他们把孩子养这么大,不容易。"

村长说:"你们知道,他们是怎么把孩子拉扯这么大的吗?"他眼圈红了,"我可以说去,但成不成,我可说不好。"

上头把村长拉到一边说:"没有别的办法,这事说什么也得做成。他们家舍不得让孩子走,大家都能理解。养条狗,还有感情呢,就别说是人了。去商量商量吧。把人家城里人怎么想的、怎么做的,都告诉他们家。有一点,要特别强调:这是为孩子好!"

"好好好,我去说我去说。"村长就去了青铜家。

"人家人来了。"村长说。

爸爸妈妈一听,立即让青铜去找正在外面玩耍的葵花,并让他带着葵花赶紧躲起来。

村长说:"不必躲起来。人家是来与你们商量的,怎能抢人呢?再说了,这里是什么地方?是大麦地!大麦地人能看着人家把我们的一个孩子抢去?"他对青铜说:"去,和葵花一起玩去吧,没有事的。"

村长坐下来,与青铜的爸爸妈妈说了一大通话:"看这情况,难留住呢!"

青铜的妈妈就哭了起来。

正赶上葵花回来。她往妈妈怀里一钻:"妈妈,我不走!"

不少人来观望,见此情状,不少人掉泪了。

妈妈说:"谁也不能把她带走!"

村长叹息了一声,走出青铜家。一路上,他逢人就张扬:"他们要带葵花走呢!人在村委会呢!"

不一会儿,全村人就都知道了。知道了,就都往村委会跑,不大一会儿工夫,人群就里三层外三层地将村委会围了个水泄不通。

上头的人推窗向外一望,问村长:"这是怎么回事?"

村长说:"我也不知道是怎么回事。怎么这么多人呢?"

人群先是沉默着,不一会儿,就开始说的说,嚷的嚷:

"想带走就带走?天下也有这种道理!"

"这闺女是我们大麦地的!"

"他们知道这闺女是怎么养大的吗?夏天,她家就一顶蚊帐,全家人点几根蒲棒子熏蚊子,把蚊帐留给这闺女。"

"她奶奶在世的时候,到了夏天,哪一夜不是用蒲扇给这闺女扇风,直到把她的汗扇干了,自己才睡?"

"这闺女,打那一天进他们家门,我们就觉得她就是他们家的闺女。"

"日子过得苦死了,可是再苦,也没有苦了这闺女。"

"这闺女也懂事。没有见过这么懂事的闺女。"

"这一家人,过得那个亲!才是一家子人呢!"

……

有几个人走进了村委会。

村长说:"出去出去!"

那几个人站着不动,冷冷地望着城里人。

城里人，看到外面黑压压站了这么多人，很受震动。他们对村长说："我们不是来抢孩子的。"

村长说："知道知道。"

其中一个挤进门里的汉子终于大声说："你们不能带走孩子！"

外面的人一起大声喊着："你们不能带走孩子！"

村长走到门口："叫唤什么叫唤什么？人家不是来商量的吗？你看，人家都没有直接去青铜家，让我先去说说看。"

还是那个汉子，冲着城里人说："你们趁早回去吧。"

村长说："怎么说话呢？一点儿礼貌都没有。"

村长走进里屋，咂着嘴："你们都看见了，带走孩子，难，难哪！"

城里人看着这番局面，还能说什么？对陪同他们来的上头的人说："要么，我们就走吧。回到城里，我们向领导汇报了再说吧。"

上头的人看了一眼外面的人群，说："今天也就只能这样了。"掉头对村长小声说了一句："这事没有完，我可告诉你！"

村长点了点头。

上头的人说："请大伙儿散了吧。"

村长走出来："散了散了！人家要走了，人家不接葵花了！"

村长带着一行人走出屋时，大麦地的人很客气地让出了一条路。

3

过了年，天刚转暖，风声又紧张了起来。

村长被叫到了上面。

上面说："这事，再也没有商量的余地了。"上面让村长回去做工作，三天三夜说不下来，就十天半个月，反正人家等着。这事，是一层一级压下来的，是不可以不办的。

市长把这事当成了大事，当成了他的城市还有没有良知、还有没有责任感的大事。他要全市的人都知道这件事情：一个被遗忘在穷乡僻壤的女孩，终于又回到了她的城市。但市长反复叮嘱，要好好做工作，要对孩子现在的父母说清楚，孩子还是他们的孩子，只是为孩子的前途着想，才让她回城的。这样做，也是对她的亲生父亲的一个交代。他相信孩子现在的父母会通情达理的。他还亲自给村长写了一封信，代表整个城市，向大麦地人、向孩子现在的父母致敬。

村长又来到了青铜家，当面向青铜的爸爸、妈妈念了那封信。

爸爸不说话，妈妈就一个劲地哭。

村长问："你们说这怎么办？"

村长说："人家有道理。确实是为了葵花好。你们想，这孩子如果留在我们大麦地会怎么样？她去了城里又会怎么样？两种命呢！谁还不知道，这闺女走了，你们心里会有多难受吗？知道，都知道，人家也知道。这些年，又是灾来又是难，这闺女幸亏在你们家。要不然……哎！大麦地，哪一个也没有瞎了眼，都看得清清楚楚。你们一家子，把心扒了出来，给了这个死丫头！她奶奶在世的时候……"村长开始抹眼泪，"拿在手里怕碎了，含在嘴里怕化了，恨不能天天把她顶在头顶上……"

村长就坐在凳子上，没完没了地说着。

爸爸始终不说话。

妈妈始终就是落泪。

青铜和葵花一直没有出现。

村长问："两个孩子呢？"

妈妈说："也不知去哪儿了。"

村长说："躲起来也好。"

青铜和葵花真的躲起来了，是葵花执意要躲起来的。

他们这回没有躲到芦苇荡。妈妈说："芦苇荡里有毒蛇，不能久待。"

他们藏到了一只带篷子的大船上，然后就让这只大船漂流在大河上。

知道他们藏在这只大船上的，就只有一个人：嘎鱼。

嘎鱼是撑着放鸭的小船，路过大船时发现青铜和葵花的。嘎鱼说："你们放心，我不会说的。"

青铜和葵花都相信。

嘎鱼问："要不要告诉一下你们爸爸妈妈？"

青铜点点头。

葵花说："告诉他们我们藏起来了，但不要告诉他们我们藏在什么地方。"

"知道了。"嘎鱼撑着他的小船，赶着他的鸭群走了。

嘎鱼悄悄地告诉了青铜的妈妈，见青铜的妈妈一副担忧的样子，他说："你们放心，有我呢！"

大麦地人，从老到小，一个个都变得很义气。

这之后，嘎鱼就在离大船不远不近的地方放着他的鸭。他告诉青铜和葵花："你妈叫你们藏着别出来。"这不是青铜妈妈的意思，而是他嘎鱼自己的意思。

到了吃饭的时间，嘎鱼就会将青铜的妈妈烧好的饭菜，用一个篮子拎着，悄悄地放到他放鸭的船上，再悄悄地送到大船上。

城里人又来了，这回是坐县上那艘白轮船来的，有五六个人。一层一级的，陪着他们来的，又是五六个人。这回来的人当中，有两个人，大麦地人都认识，就是那年将葵花带到老槐树下的阿姨。她们老了许多，也胖了许多。见了村长，她们俩，紧紧抓住村长的手，想说什么的，但声音却一下哽咽住了，泪水也将眼睛模糊了。

村长将她们带到大河那边的干校看了看，两个人站在萋萋荒草间，不知为什么，哭了起来。

终于又谈起葵花回城的事。

村长说："正说着呢。孩子她爸爸妈妈，好像有点儿被我说动了。再慢慢说。你们一起来帮我说。就是感情太深了！"

两个阿姨想见见葵花。

村长说："听说你们要带她走，小丫头跟他哥哥一道，躲起来了。"他一笑，"两个小鬼，能往哪儿躲呀？"

两个阿姨说："要不要找一找？"

村长说："找过，没找到。"村长又说："没关系，就让他们先躲着吧。"

嘎鱼再见到青铜、葵花时，说："城里来人了，你们千万别露面啊。"

青铜和葵花点点头。

"没有事，你们就在船上待着。"嘎鱼说完，撑着他的小船，又去追赶他的鸭子去了，一路上，他不住地唤着他的鸭子：呷呷呷……

声音很大。

嘎鱼要让藏在船舱里的青铜和葵花知道，他就在他们附近待着呢……

4

村长带路，城里的两位阿姨来到了青铜家。

坐在凳子上的爸爸妈妈一见，愣了一下，随即站了起来。

爸爸妈妈比她们两位的岁数稍大一些。

两位叫道："大姐！""大哥！"随即，伸出双手去，分别握住了青铜爸爸和妈妈的手。

几年不见，她们觉得青铜的爸爸、妈妈衰老了许多。望着青铜爸爸和妈妈枯涩、暗淡的脸色和已经显出佝偻的身体，两人心里不由得一阵发酸，紧紧抓住他们的手，半天不肯松开。

村长说："你们说话。我先走了。"村长便走了。

两个阿姨一个高一点儿，一个瘦一点儿，一个戴眼镜，一个不戴眼镜。戴眼镜的姓黄，不戴眼镜的姓何。

两人坐下后，黄阿姨说："这一走，就是几年。我们心里常想来这儿看看葵花，看看你们。但一想到你们一家子过得好好的，就不忍心打扰你们了。"

何阿姨说："孩子们在这边的情况，我们都在不时打听着，都知道她在这里过得很好。我们几个都商量过，说谁也不要去大麦地。怕惊动了孩子，惊动了你们。"

话题慢慢转到了接葵花回城上。

妈妈眼睛里一直含着泪。

两个阿姨将城里的具体而周到的安排一一告诉了他们。在哪一所学校读书（城里最好的学校），在哪一家生活（就是在黄阿姨家，阿姨家有一个跟葵花差不多大小的女儿），在什么时间里回大麦地看望爸爸妈妈（寒暑假都在大麦地住），等等。一听，就知道人家城里是很费心的，并方方面面地考虑得很周全。

黄阿姨说："她永远是你们的女儿。"

何阿姨说："你们想她了，也可以去城里住。市长亲自通知了市委招待所，让他们随时接待你们。"

黄阿姨说："知道你们舍不得。放在我也舍不得。"

何阿姨说:"孩子自己也肯定不愿意走的。"

妈妈哭出了声。

两个阿姨一边一个地搂着妈妈的肩,叫着:"大姐,大姐……"她两个也哭了。

里里外外的站着不少大麦地人。

黄阿姨对他们说:"不是为别的,也就是为了孩子好。"

大麦地人,已经不像前些时候要坚持拦着葵花不让进城了。他们在慢慢地领会城里人的心意与心思。

两个阿姨当晚就在青铜家住下了。

第二天,村长来了,问:"怎么样?"

黄阿姨说:"大姐答应了。"

村长问:"都答应了?"

何阿姨说:"大哥也答应了。"

村长说:"好,好,好啊。这是为孩子好。我们大麦地,是个穷地方。我们有点儿对不住这闺女呢。"

黄阿姨:"她要是个懂事的闺女,一辈子也不会忘记大麦地的恩情的。"

村长说:"你们不知道这闺女有多懂事。这闺女太让人喜欢了。她一走,剜的是他们两个心头肉呢!"他指了指青铜的爸爸和妈妈。

两位阿姨不住地点头。

"还有那个哑巴哥哥……"村长揉了揉发酸的鼻子,"葵花一走,这孩子会疯的……"

妈妈失声大哭起来。

村长说:"哭什么哭什么!又不是不回来了。到哪儿,都是你的闺女。快别哭了。我们可说好了,孩子上路时,你可不能哭。你想想呀,孩子日后有了个好前程,应该高兴啊!"他用一只指头擦着眼角。

妈妈点点头。

村长给了青铜爸爸一支烟,并给他点着。村长抽了一大口烟,问:"什么时候让孩子上路?"

两个阿姨说:"不着急。"

村长问:"那轮船就停在那儿?"

黄阿姨说:"你们县长与我们市长说好了的,不管多少天,这轮船也得在这儿等。"

村长说:"那就快把孩子叫回来吧,好好待上几天。"

妈妈说:"我也不知道他们去哪儿了。"

村长说:"我知道。"

村长早看到水上有只大船在漂流了。

5

村长驾了一只船,将青铜的妈妈送到了那条大船上。

妈妈叫道:"葵花!"

没有人答应。

妈妈又叫道:"葵花!"

还是没有人答应。

"没有事,出来吧。"妈妈说。

青铜和葵花,这才打开船舱的门,露出两个脑袋来。

妈妈将青铜和葵花领回了家。

妈妈开始为葵花收拾东西了。该说的说,该做的做,妈妈不停地忙碌着。

两个孩子，经常站在一旁，或者坐在一旁，傻呆呆地看着。他们不再躲藏了，他们觉得躲藏已经没有什么意义了。

妈妈在为葵花收拾东西时，一直不说话。收拾着收拾着，她会突然地停住发愣。

大麦地人已经在心里承认了这个事实：不久，葵花就要走了。

妈妈从箱底取出了奶奶临死前给葵花留下的玉镯，看了看，想起了奶奶耳朵上那对耳环和手指上那只戒指，叹息道："她除了一身的衣服，什么也没有为自己留下。"她把玉镯用一块布仔细包好，放在了一只柳条编的小箱子里——那里面已装满了葵花的东西。

晚上，妈妈与葵花睡在一头。

妈妈说："想家了，就回来。人家说好了，只要你说一声要回来，人家就送你回来。到了那边，要好好念书。别总想着大麦地。大麦地也飞不掉，总在那儿的。也不要总惦记着我们，我们都挺好的。我们想你了，就会去看你。要高高兴兴地上路，你高兴，你爸爸、你哥哥和我，也就高兴。你要写信，我让你哥也给你写信。妈妈不在你身边了，从今以后，你要自己照顾好自己。黄阿姨、何阿姨都会对你好的。那年在老槐树下，我一见到她们，就觉得她们面也善心也善。要听她们的话。夜里睡觉，不要总把胳膊放在被子外面。晚上要自己洗脚了，不能总麻烦人家黄阿姨。再说了，你也不小了，该自己洗脚了，总不能让妈妈一辈子给你洗脚呀！走路不要总往天上看，城里有汽车，不是在乡下，乡下摔个跟头，最多啃一嘴泥。别再像跟你哥哥、跟翠环她们那样疯，要看看人家喜欢不喜欢疯……"

妈妈的话，像大麦地村前的河水一般，不住地流淌着。

在葵花离开大麦地之前的日子里，大麦地人经常看到，夜晚，有一只纸灯笼在田野上游动着，它一会儿在那片葵花田停下，一会儿在青铜

流泪的大河

奶奶的坟前停下。

村长来了。

村长问："让孩子上路吧？"

青铜的爸爸点点头。

妈妈有点担心地说："我就怕青铜到时不让她走。"

"不是已跟他说好了的吗？"

妈妈说："说是说好了的。可，你是知道的，这孩子和别的孩子不一样。他一旦倔起来，谁拿他也没办法。"

村长说："想个办法，把他支开一会儿吧。"

那天早上，妈妈对青铜说："你去外婆家取个鞋样儿回来，我想为葵花再做一双新鞋。"

青铜："现在就去？"

妈妈说："现在就去。"

青铜点点头，去了。

村长就赶紧对城里人说："上路吧，上路吧。"

一直停靠在村前公众码头上的白轮船就发动了起来，行驶到了青铜家的码头上。

在爸爸往轮船上拿葵花的东西时，葵花就一直抓着妈妈的手站在河边上。

几乎所有的大麦地人，都站到了河边上。

村长说："天不早了。"

妈妈轻轻地推了一下葵花，没想到葵花突然不肯走了，一把抱住了妈妈的腰，大声哭着："我不走！我不走，我不走……"

在场的人，有许多将头扭了过去。

翠环、嘎鱼，许多孩子都哭了起来。

妈妈推着葵花。

村长看了看这情形，叹息了一声，跑过来，一把硬将葵花抱了起来，转身就往轮船上走。

葵花在村长的肩上挥舞着双手，叫着："妈妈！""爸爸！"然后就一直叫着："哥哥！——"

人群里却没有哥哥。

妈妈转过身去。

村长将葵花一直抱到轮船上，两位阿姨从他手中接过了葵花。

葵花一个劲要往岸上挣，两个阿姨就紧紧抱住她，并不住地说："葵花乖呀，葵花乖呀！葵花哪天想家了，阿姨一定陪着你回来。也可以让你哥哥和爸爸、妈妈进城来啊！这儿永远是你的家……"

葵花渐渐地安静了下来，但一直在啜泣。

村长说："开船吧！"

机器发动起来了，一股黑烟从船的尾巴上不住地吐出，吐到水面上。

葵花打开了那只柳条箱子，从里面取出了那只玉镯，走到船头，叫着："妈妈……"

妈妈便走到码头上。

葵花把玉镯交到妈妈的手上。

妈妈说："我给你保管着。"

"我哥呢？"

"我让他去你外婆家了。他要在，不会让你走的。"

葵花的眼泪纷纷滚落下来。

村长大声叫道："开船吧！开船吧！"

他用脚使劲蹬了一下船头，妈妈和葵花便分开了。

两个阿姨从船舱中走出来，一人拉了葵花一只手，与她一起站在船头上。

船掉了一个头，稍微停顿了一下，只见船尾翻滚着浪花，船往水中埋了一下屁股，便快速地离开了大麦地……

6

青铜惦记着葵花在家的时间已经不多了，去时，跑着，回时，也跑着。

回到大麦地时，他看见大河尽头，白轮船只剩下一只鸽子大小的白点儿。

他没有哭，也没有闹，他只是整天地发呆，并且喜欢独自一个人钻到一个什么角落里。不久，大麦地人发现，他从一早开始，就坐到了河边的一个大草垛的顶上。

这里，有的草垛堆得特别大，像一座山包，足有城里的三层楼那么高。

大草垛旁有一棵白杨树。每天一早，青铜就顺着白杨树干爬到草垛顶上，然后面朝东坐着，一动也不动。

他可以看到大河最远的地方。

那天，白轮船就是在那里消失的。

起初，还有大人和孩子们来到草垛下看他。但一天一天过去之后，他们就不再来看他了。人们只是偶尔会抬起头来，看一眼大草垛顶。然后，或是对别人，或是对自己说一声："哑巴还坐在草垛顶上呢。"或者不说，只在心里说一声："哑巴还在草垛顶上呢。"

无论是刮风还是下雨，青铜都一整天坐在草垛顶上，有时，甚至是在夜晚，人们也能看到他坐在草垛顶上。

那天，大雨滂沱，四下里只见雨烟弥漫。

人们听到了青铜的妈妈呼唤青铜的声音。那声音里含着眼泪，在雨幕里穿行，震动得大麦地人心雨纷纷。

然而，青铜对妈妈的呼唤声置若罔闻。

他的头发，像草垛上的草一般，都被雨水冲得顺顺溜溜的。头发贴在他的脸上，几乎遮去了他的双眼。当雨水不住地从额头上流泻下来时，他却一次又一次地睁开眼睛，朝大河尽头看着。他看到了雨，看到了茫茫的水。

雨停之后，人们都抬头去望草垛——

青铜依然坐在草垛顶上，但人好像缩小了一圈。

已到夏天，阳光十分炫目。

中午时，所有植物的叶子，或是耷拉了下来，或是卷了起来。牛走过村前的满是尘埃的土路时，发出噗噗的声音。鸭子藏到了树阴之下，扁嘴张开，胸脯起伏不平地喘着气。打谷场上，穿行的人因为阳光的烤灼，会加快步伐。

青铜却坐在大草垛的顶上。

一个老人说："这哑巴会被晒死的。"

妈妈就差跪下来求他了，但他却无动于衷。

谁都发现他瘦了，瘦成了猴。

阳光在他的眼前像旋涡一般旋转着。大河在沸腾，并冒着金色的热气。村庄、树木、风车、船与路上的行人，好像在梦幻里，虚虚实实，摇摇摆摆，又好像在一个通天的雨帘背后，形状不定。

汗珠从青铜的下巴下落下，落在了干草中。

他的眼前，一会儿金，一会儿黑，一会儿红，一会儿五彩缤纷。

不久，他感觉到大草垛开始颤抖起来，并且越来越厉害地颤抖着，到了后来，就成了晃动，是船在波浪上的那种晃动。

不知是从什么时候开始的，他的身体转了一个个儿，不再眺望大河了，眼前是一片田野。田野在水里，天空也好像在水里。

青铜向前看去时，不由得一惊。他揉了揉被汗水弄疼了的眼睛，竟然看见葵花回来了！

葵花穿过似乎永远也穿不透的水帘，正向他的大草垛跑着。

但她没有声音——一个无声的但却是流动的世界。

他从草垛上摇摇晃晃地站了起来。

在水帘下往大草垛跑动的，分明就是葵花。

他忘记了自己是在高高的草垛顶上，迈开双腿向葵花跑去——

他无声无息地躺在地上。不知过了多久，他醒来了。他靠着草垛，慢慢地站起身来。他看到了葵花——她还在水帘下跑动着，并向他摇着手。

他张开嘴巴，用尽平生力气，大喊了一声："葵——花！"

泪水泉涌而出。

放鸭的嘎鱼，正巧路过这里，忽然听到了青铜的叫声，一下怔住了。

青铜又大叫了一声："葵——花！"

虽然吐词不清，但声音确实是从青铜的喉咙里发出的。

嘎鱼丢下他的鸭群，撒腿就往青铜家跑，一边跑，一边大声向大麦地的人宣布："青铜会说话啦！青铜会说话啦！"

青铜正从大草垛下，往田野上狂跑。

当时阳光倾盆，一望无际的葵花田里，成千上万株葵花，花盘又大又圆，正齐刷刷地朝着正在空中滚动着的那轮金色的天体……

选自长篇小说《青铜葵花》

蓝 花

1

一个秋日的黄昏,村前的土路上,蹒跚着走来一位陌生的老婆婆。那时,秋秋正在村头的银杏树下捡银杏。

老婆婆似乎很老了,几根灰白的头发,很难再遮住头皮。瘦削的肩胛,撑着一件过于肥大的旧褂子。牙齿快脱落尽了,嘴巴深深地瘪陷下去,嘴在下意识地不住蠕动。她挂着一根比身体还高的竹竿,手臂上挽一只瘦瘦的蓝花布包袱,一身尘埃,似乎是从极远的地方而来。她终于走到村头后,便站住,很生疏地张望四周,仿佛在用力辨认这个村子。

受了惊动的秋秋,闪到银杏树后,探出脸来朝老婆婆望着。当她忽然觉得这是一个面孔和善又有点叫人怜悯的老婆婆时,就走上前来问她找谁。

老婆婆望着秋秋:"我回家来……回家……"她的吐词很不清晰,声音又太苍老、沙哑,但秋秋还是听明白了。她盯着老婆婆的面孔,眼睛里充满疑惑:她是谁?秋秋很糊涂,就转身跑回家,把七十多岁的奶奶领到了村头。

奶奶盯着老婆婆看了半天，举起僵硬的手，指着对方："这……这不是银娇吗？"

"我回家来了……回家……"老婆婆朝奶奶走过来。

"你出去三十多年啦！"

"回来啦，不走啦……"

围观的人慢慢多起来。年轻人都不认识老婆婆，问年纪大的："她是谁？""银娇。""银娇是谁？""银娇是小巧她妈。""小巧是谁？""小巧淹死许多年了。"……

这天晚上，秋秋坐在奶奶的被窝里，听奶奶讲老婆婆的事，一直听到后半夜……

2

你银娇奶奶这一辈子就做一件事：给人家帮哭。这几年，帮哭的事淡了。放在十年前，谁家办丧事，总要请人帮哭的。办丧事的人家，总想把丧事办好。这丧事要办得让前村后舍的人都说体面，一是要排场，二是要让人觉得苦、伤心。办丧事那天，从早到晚，都有很多人来看。奶奶就喜欢看，还喜欢跟着人家掉眼泪，掉了眼泪，心里就好过些。谁家的丧事办得不好，谁家就要遭人议论："他家里的人都伤心不起来，一群没良心的。"其实呀，也不一定是不伤心，只是那一家子没有一个会哭的。要让人觉得伤心，就得一边哭一边数落。有人就不会数落，光知道哭。还有一些不知事理的人，平素就不太会说话，一哭起来，就瞎哭了，哭了不该哭的事情。好几年前，西王庄周家姑娘死了，是瞒住人打胎死的，是件丑事，是不好张扬的。嫂子是半痴人，却当了那么多人的面，一把眼泪一把鼻涕地数落："我的亲妹妹哎，人家打胎怎么一个个都不死呢，怎么你一打胎就死呢？我的苦妹子……"有人倒不至于把事情哭糟了，但哭的样子不好看，怪，丑，声音也不对头，让人发笑，这就把丧事的丧给破了。这哭丧怎么那样要紧，还有一点你晓得吗？你小孩子家是不晓得的。奶奶告诉你：说是哭死人呀，实是为了活人的。人死了，可不能就让他这么白白地死呀，得会哭，会数落死人一生的功德。许多好人死了，就缺个会数落的，他一生的功德，别人也记不起来了。就这么不声不响地死了，活人没得到一点好处，多可惜！如果能有个会哭的，会数落的，把他一辈子的好事一一地摆出来，这个好人就让人敬重了，他家里的人，也就跟着让人敬重了。碰到死去的是个坏人、恶人，就更要会哭、会数落了。谁也不会一辈子全做缺德事的，总会有些善行的。把他的好事都说出来，人心一软，再一想人都死了，就不再计较了，还会有点伤心他死呢，觉得他也不是个多么坏的人，他家里的人，也就从此抬起头来了。

就这么着，一些会哭的人，就常被人家请去帮哭。你银娇奶奶哭得最好，谁家办丧事，总得请她。村里人知道她会哭，是在她十六岁的时候。她十三岁那年秋天，到处是瘟疫。那天，早上刚抬走她老子，晚上她妈就去了。苦兮兮地长到十六岁，这年春末，村西头五奶奶死了。下葬这一天，儿女一趟，都跪在地上哭。人就里三层外三层地围着望哭，指指点点地说谁谁哭得最伤心，谁谁肚里苦水多。你银娇奶奶就打老远处站着。这五奶奶心慈，把你没依靠的银娇奶奶当自己的孙女待。在你银娇奶奶心中，五奶奶是个大恩人。这时，五奶奶家的人哭得没力气了，你银娇奶奶过来了。她"扑通"一声在五奶奶棺材前跪下了，先是不出声地流泪，接着就是小声哭，到了后来，声越哭越大。她一件一件地数落着五奶奶的善行，哭得比五奶奶的儿子、儿媳妇、孙子、孙媳妇都伤心。她趴在五奶奶的棺材上哭成个泪人，谁都劝不起她来。哭到后来，她哭不出声来了,可还是哭。在场的人也都跟着她哭起来。打那以后,谁都知道你银娇奶奶哭得好。谁家再有丧事,必请你银娇奶奶帮哭。不过,没有几个人能知道你银娇奶奶怎么哭得那么好。她心里有苦,是个苦人……

3

银娇奶奶回来后,出钱请人在小巧当年淹死的小河边上盖了一间矮小的茅屋,从此,彻底结束了漂流异乡的生活。

秋秋常到银娇奶奶的小屋去玩。有时也与奶奶一起去,每逢这时,她就坐在一旁,静静地听着两个老人用了很大的声音却都言辞不清的谈话,看她们的脑袋失控似的不停地点着、晃动着。有时,她独自一人去,那时,她就会没完没了地向银娇奶奶问这问那。在秋秋看来,银娇奶奶是一个故事,一个长长的迷人的故事。银娇奶奶很喜欢秋秋,喜欢她的小辫、小嘴和一双总是细眯着的眼睛。她常伸出粗糙的颤抖不已的手来,在秋秋的头上和面颊上抚摸着。有时,银娇奶奶的神情会变得很迷茫:"小巧长得是跟你一个样子的。她走的时候,比你小一些……"

秋秋一有空就往河边的茅屋跑。这对过去从未见过面的一老一小,却总爱在一块待着。秋秋的奶奶到处对人说:"我们家秋秋不要我了。"

"你到江南去了几十年,江南人也要帮哭吗?"秋秋问。

"蛮子不会哭,说话软绵绵的,细声细气的,哭不出大声来,叫人伤心不起来。江南人又要面子,总要把丧事做得很体面,就有不少江北的好嗓子女人,到了江南。有人家需要帮哭就去帮哭。没帮哭活时就给人家带孩子、缝衣、做饭,做些零七八碎的杂活。江南人家富,能挣不少钱呢。"

"你要挣那么多钱干嘛?"

"盖房子,盖大房子,宽宽敞敞的大房子。"

"怎么没盖成?"

"盖成了。"

"在哪儿?"

"离这儿三里路,在大杨庄。"

当秋秋问她为什么将房子盖在大杨庄,又为什么不住大杨庄的大房子却住在这小茅屋时,她不再言语,只把眼睛朝门外大杨庄方向痴痴地望,仿佛在记忆里寻找一些几乎逝去的东西。不一会,秋秋听到了她一声沉重的叹息。后来,在很长一段时间里,她总沉默着。

秋秋回到家,把这番情景告诉奶奶,并追问奶奶这是为什么。

奶奶就告诉她:"那时,你银娇奶奶帮哭已很出名了。谁家办丧事,方圆十里地都有人赶来看她哭。她一身素洁的打扮,领口里塞一块白手帕,头发梳得很整齐,插朵小蓝花。帮哭的人总要插一朵小蓝花。她来了,问清了死人生前的事情,叹口气,往跪哭的人面前一跪,用手往地上一拍,头朝天仰着,就大哭起来。其他跪哭的人都忘了哭,直到你银娇奶奶一声长哭后,才又想起自己该做的事情,跟着她,一路哭下去。你银娇奶奶的长哭,能把人心哭得直打战。她一口气沉下去能沉好长时间,像沉了一百年,然后才慢慢回过气来。她还会唱哭。她嗓子好,又是真心去唱去哭,不由得人不落泪。大伙最爱听的,还是她的骂哭。哭着哭着,她'骂'起来了。如果死的是个孩子,她就'骂':'你个讨债鬼呀,娘老子一口水一口饭地把你养这么大,容易吗?你这没良心的,刚想得你一点力,腿一蹬就走啦?你怎么好意思哟!'她哭那孩子的妈妈怎么怀上他的,怎么把他生下来的,又是怎么把他拉扯大的。哭到后来,就大'骂':'早知道有今天,你娘一生下你,就该把你闷在便桶里了……'假如死的是个老人,她就'骂':'你个死鬼哎,心太狠毒了!把我们一趟老老小小的撇下不管了,你去清闲了,让我们受罪了!你为什么不把我们也带了去呀!你害了我们一大家了……'这么一说,这么多人跑这么远的路来听你银娇奶奶哭,你也就不觉得怪了吧?就在这听哭的人当中,有一个大杨庄的教小学的小先生。那个人很文静,脸很白,戴副眼镜。他只要听到你银娇奶奶帮哭的消息,总会赶到的。他来了,就在人堆里站着,也不多言,不出声地看着你银娇奶奶。每次帮哭之后,你银娇奶奶总像生了一场大病,脸色很难看,坐在凳上起不来。听哭的人都散去了,她还没有力气往家走。那个小先生总是不远不近地一旁站着。你银娇奶奶上路了,他就在她身后不远不近地跟着,一直把她送到家门口。后来,你银娇奶奶就跟他成家了。那些日子,你银娇奶奶就像换了一个人,整天笑眯眯的,脸色也总是红红的。孤零零的一个人,现在有家了,有伴儿了,还是一个识字的爱用肥皂洗脸的男人,她自然心满意足。那些日子,她总是想,不能让他跟着她过苦日子,就四处去帮哭。可也不会总有帮哭的事,其余时间,她就帮人家做衣服,纳鞋底。后来,她生了一个闺女,叫小巧。等小巧过了四岁生日,她跟他商量:'我们再有些钱,就能盖房子了。我想去江南,高桥头吴妈她愿意带我去。你在家带小巧。'她就去了江南。两年后,她带回一笔钱来,在大杨庄盖起了一幢方圆十里地也找不出第二家的大房子。一家三口,和和美美地过了一段日子,她又走了。房子盖到最后,钱不够了,跟人家借了债。她又想,那么大一幢房子,总该有些家什,不然显得空空荡荡的。她还想给小巧他们父女俩多添置一些衣服,不让他们走在人前被人看低了。再说,她也习惯了在外面漂流。她就没有想到,再隔一年回来时,小先生已喜欢上他的一个女学生了。那时候的学生岁数都很大。那姑娘长得很好看。而你银娇奶奶这时已显老了。一对眼睛,终年老被眼泪沤着，眼边都烂了，看人都看不太清爽。她很可怜地央求他，他说那姑娘已有孩子了。她没有吵没有闹，带着小巧又回到了这儿。我对她说：'那房子是你挣的钱盖的，你怎么反而留给他？你太老实，太傻！'她把小巧紧紧搂在怀里不说话。好多人对她说：'叫他出去！'她摇摇头，说：'我有小巧乖乖。'她把嘴埋在小巧的头发里，一边哭，一边用舌头把小巧的头发卷到嘴里嚼着。打那以后，她再也没去过大杨庄……"

秋秋走到门口去，用一对泪水蒙眬的眼睛朝小河边上那间小茅屋望着……

4

秋秋往银娇奶奶的小屋跑得更勤了。她愿意与银娇奶奶一起在小河边上乘凉，愿意与银娇奶奶一起在屋檐下晒太阳，愿意听银娇奶奶絮絮叨叨地说话。有了秋秋，银娇奶奶就不太觉得寂寞了。要是秋秋几天不来，银娇奶奶就会挂着竹竿，站到路口，用手在额上搭着，朝路上望。

九月十三，是小巧的生日。一大早，银娇奶奶就坐到河边去了。她没有哭，只是呆呆地望着秋天的河水。

秋秋来了，就乖乖地坐在银娇奶奶的身边，也呆呆地去望那河水。

银娇奶奶像是对秋秋说，又像是自言自语："我不该把她放在别人家就去了江南。她走的时候，才七岁。她准是想我了，跑到了河边上，用芦苇叶折了条小船。我知道，她想让小船带着她去找我呢。风把小船吹走了。这孩子傻，忘了水，连鞋也不脱，跟着小船往前走了。这河坎陡着呢，她一个悬空，滑倒了……"她仿佛亲眼看到了似的说着，"那天我走，她哭着不让。我哄她：'妈妈给你买好东西。'小巧说：'我要棒棒糖。''妈妈给你买棒棒糖。'小巧说：'我要小喇叭，一吹呜呜打响的。''妈妈给你买小喇叭。'我的小巧可乖了，不闹了，拉着我的手，一直走到村口。我说：'小巧回头吧。'小巧摇摇头：'你先走。''小巧先走。''妈妈先走。'……我在外拼命挣钱，跌倒了还想抓把泥呢。到了晚上，我不想别的，就想我的小巧。我给她买了棒棒糖，一吹就呜呜打响的小喇叭。我就往回走。一路上，我就想：秋天，送小巧上学。我天天送她去，天天接她回来，要让她像她爸那样，识很多字……这孩子，她多傻呀！……"她的眼睛直勾勾地望着水，仿佛要从那片水里看出一个可爱的小巧来。

快近中午时，银娇奶奶说："我生下小巧，就这个时辰。"她让秋秋搀着，一直走到水边，然后在河坎上坐下，哆哆嗦嗦地从怀里掏出一个小布包包，放在掌上，颤颤抖抖地解开，露出一叠钱来。"小巧要钱用呢。"她把钱一张一张地放在水上。河上有小风，大大小小的钱，排成一条长长的队，弯弯曲曲地朝下游漂去。

秋秋用双手托着下巴，默默地看那些钱一张一张地漂走。有时，风有点偏，把钱刮向岸边来，被芦苇秆挡住了，她就会用树枝将它们推开，让它们继续漂去。

离她们大约四五十米远的地方，一个叫九宽的男孩和一个叫虾子的男孩把一条放鸭的小船横在了河心，正趴在船帮上，等那钱一张一张漂过来。他们后来争执起来了。九宽说："明年让你捞还不行吗？"

虾子说："不会明年让你捞吗？"

争来争去，他们又回到了原先商定好的方式：九宽捞一张，虾子捞一张。

秋秋终于发现了他们，沿着河边跑去。她大声地说："不准你们捞钱！"

九宽嬉皮笑脸的："让你捞呀？"

"哑!"秋秋说,"这是给小巧的钱!"

虾子"咯咯咯"地笑了:"小巧?小巧是谁?"

九宽知道一点,说:"小巧早死了。"

秋秋找来三四块半截砖头,高高举起一块:"你们再不走开,我就砸了!"她的脸相很厉害。

九宽和虾子本来就有点怕秋秋,见秋秋举着砖头真要砸过来,只好把船朝远处撑去,一直撑到秋秋看不到的地方,但并未离去,仍在下游耐心地等着那些钱漂过来。

秋秋坐在高高的岸上,极认真地守卫着这条小河,用眼睛看着那钱一张一张地漂过去……

5

这地方的帮哭风曾一度衰竭,这几年,又慢慢兴盛起来。这年春上,往北边两里地的邹庄,一位活了八十岁的老太太归天了。儿孙一趟儿,且有不少有钱的,决心好好办丧事,把所有曾举办过的丧事都比下去。年纪大的说:"南边银娇回来了,请她来帮哭吧。"年纪轻的不太知道银娇奶奶的那辉煌一哭,年纪大的就一五一十地将银娇奶奶当年的威风道来,就像谈一个神话般的人物。这户人家的当家,听了鼓动,就搬动了一位老人去请银娇奶奶。

银娇奶奶听来人说是请她去帮哭,一颗脑袋便在脖子上颤颤悠悠的,一双黑褐色的手也颤动不已。这里还有人记得她呢!还用得着她呢!"我去,我去。"她说。

那天,她让秋秋挽着,到小河边去,用清冽的河水,好好地洗了脸,洗了脖子,洗了胳膊,换了新衣裳,又让秋秋用梳子蘸着清水,把头发梳得顺顺溜溜的。秋秋很兴奋，也就忙得特别起劲。最后，银娇奶奶让秋秋从田埂上采来一朵小蓝花，插到了头上。

银娇奶奶是人家用小木船接去的。秋秋也随船跟了去。

一传十，十传百，数以百计的人从四面八方赶来：他们想看看老人们常提到的银娇奶奶，要领略领略她那闻名于方圆几十里的哭。

大多数人不认识银娇，就互相问："在哪儿？在哪儿？"

有人用手指道："那就是。"

人们似乎有点失望。眼前的银娇奶奶，似乎已经失去了他们于传说中感觉到的那番风采。他们只有期待着她的哭泣了。

哭丧开始了，一群人跪在死者的灵柩前，此起彼伏地哭起来。

银娇奶奶被人搀扶着，走向跪哭的人群前面。这时，围观的人从骚动中一下安静下来，所有的目光皆跟随着银娇奶奶移动着。银娇奶奶不太利落地跪了下来，不是一旁有人扶了一下，她几乎要歪倒在地上。她从领口取白手帕时，也显得有点拖泥带水，这使从前曾目睹过她帮哭的人，觉得有点不得劲儿。她照例仰起脸来，举起抓手帕的手，然后朝地上拍下，但拍得缺了点分量。她开哭了。她本想把声音一下子扯得很高的，但全不由她自己了，那声音又苍老，又平常，完全没从前那种一下子抓住人并撕人心肺的力量了。

围观的人群有点乱动起来。

钻在最里边的秋秋仰起脸，看着那些围观的人。她瞧见了他们眼中的失望，心里不禁为银娇奶奶难过起来。她多么希望银娇奶奶把声音哭响、哭大、哭得人寸肠欲断啊！

然而，银娇奶奶的声音竟是那样的衰弱，那样的没有光彩！

从前，她最拿手的是数落，那时，她有特别好的记忆和言语才能，吐词清晰，字字句句，虽是在哭泣声中，但让人听得真真切切，而现在，她像是一个人在僻静处独自絮叨，糊糊涂涂的，别人竟不知道她到底数落了些什么。

跟大人来看热闹的九宽和虾子爬在敞棚顶上，初时，还摆出认真观看的样子，此刻已失去了耐心，用青楝树果子互相对砸了玩。

秋秋朝他们狠狠瞪了一眼。

九宽和虾子却朝秋秋一梗脖子，眨眨眼不理会，依然去砸楝树果子。

当虾子在躲避九宽的一颗楝树果子，而不小心摔在地上，疼得直咧嘴时，秋秋在心里骂："跌死了好！跌死了好！"

这时死者的家人，倒哭得有声有色了。几个孙媳妇，又年轻，又有力气，嗓子也好，互相比着孝心和沉痛，哭出了气势，把银娇奶奶的哭声竟然淹没了。

人们有点扫兴，又勉强坚持了一会，便散去了。

秋秋一直守在一旁，默默地等着银娇奶奶。

哭丧结束了，银娇奶奶被人扶起后，有点站不稳，亏得有秋秋作她的拐棍。

主人家是个好人家，许多人上来感谢银娇奶奶，并坚决不同意银娇奶奶要自己走回去的想法，还是派人用船将她送回。

一路上，银娇奶奶不说话，抓住秋秋的手，两眼无神地望着河水。风把她的几丝头发吹落在她枯黄的额头上。

秋秋觉得银娇奶奶的手很凉很凉……

6

夏天，村里的贵二爷又归天了。

银娇奶奶问秋秋："你知道他们家什么时候哭丧？"

秋秋答道:"奶奶说,明天下午。"

第二天下午,银娇奶奶又问秋秋:"他们家不要人帮哭?"

秋秋说:"不要。"其实,她听奶奶说,贵二爷家里的人已请了高桥头一个帮哭的了。

"噢。"银娇奶奶点点头,倒也显得很平淡。

这之后,一连下了好几天雨。秋秋也就没去银娇奶奶的茅屋。她有时站到门口去,穿过透明的雨幕看一看茅屋。天晴了,家家烟囱里冒出淡蓝色的炊烟。秋秋突然对奶奶说:"银娇奶奶的烟囱怎么没有冒烟?"

奶奶看了看,拉着秋秋出了家门,往小茅屋走去。

不一会儿工夫,秋秋哭着,从这家走到那家,告诉人们:"银娇奶奶死了……"

几个老人给银娇奶奶换了衣服,为她哭了哭。天暖,不能久搁,一口棺材将她收殓了,抬往荒丘。因为大多数人都跟她不熟悉,棺后虽然跟了一条很长的队伍,但都是去看下葬的,几乎没有人哭。

秋秋紧紧地跟在银娇奶奶的棺后。她也没哭,只是目光呆呆的。

人们一个一个散去,秋秋却没走。她是个孩子,人们也不去注意她。她望着那一丘隆起的新土,也不清楚自己想哭还是不想哭。

田埂上走过九宽和虾子。

九宽说:"今年九月十三,我们捞不到钱了。"

虾子说:"我还想买支小喇叭呢。"

秋秋掉过头去,见九宽和虾子正在蹦蹦跳跳地往前走,便突然打斜里拦截过去,并一下插到他俩中间。不等他们反应过来,她已用两只手分别揪住了他俩的耳朵,疼得他俩吱哇乱叫:"我们怎么啦?我们怎么啦?"

秋秋不回答,用牙死死咬着嘴唇,揪住他俩的耳朵,把他俩一直揪到银娇奶奶的墓前，然后把他俩按跪在地上："哭！哭！"

九宽和虾子用手揉着耳朵说："我们……我们不会哭。"他们又有点害怕眼前的秋秋，也不敢爬起来逃跑。

"哭！"秋秋分别踢了他们一脚。

他们就哭起来。哭得很难听。一边哭，一边互相偷偷地一笑，又偷偷地瞟一眼秋秋。

秋秋忽然鼻子一酸，说："滚！"

九宽和虾子赶紧跑走了。

田野上，就秋秋一个人。她采来一大把小蓝花，把它们撒在银娇奶奶的坟头上。

那些花的颜色极蓝，极鲜亮，很远处就能看见。

秋秋在银娇奶奶的坟前跪了下来。

田野很静。静静的田野上，轻轻地回响起一个小女孩幽远而纯净的哭声。

那时，柔和的暮色正笼上田野……

第十一根红布条

麻子爷爷是一个让村里的孩子们很不愉快,甚至感到可怕的老头儿。

他没有成过家。他那一间低矮的旧茅屋,孤零零地坐落在村子后边的小河边上,四周都是树和藤蔓。他长得很不好看,满脸的黑麻子,个头又矮,还驼背,像背了一口沉重的铁锅。在孩子们的印象中从来就没有见他笑过。他总是独自一人,从不搭理别人。他除了用那头独角牛耕地、拖石磙,就很少从那片树林子走出来过。

反正孩子们不喜欢他。他也太不近人情了,连那头独角牛都不让孩子们碰一碰。

独角牛之所以吸引孩子们,也正在于独角。听大人们说,它的一只角是在它买回来不久,被麻子爷爷绑在一棵腰一般粗的大树上,用钢锯给锯掉的,因为锯得太挨根了,弄得鲜血淋淋的,疼得牛直淌眼泪。不是别人劝阻,他还要锯掉它的另一只角呢。

孩子们常悄悄地来逗弄独角牛,甚至想骑到它的背上,在田野上疯两圈。

有一次,真的有一个孩子这么干了。麻子爷爷一眼看到了,不吱一声,闷着头追了过来,一把抓住牛绳,紧接着将那个孩子从牛背上拽下来,摔在地上。那孩子哭了,麻子爷爷一点也不心软,还用那对叫人心里发愣的眼睛瞪了他一眼，一声不吭地把独角牛拉走了。背后，孩子们都在心里用劲骂："麻子麻，扔钉耙，扔到大河边，屁股跌成两半边！"

孩子们知道了他的古怪与冷漠，不愿再理他，也很少光顾那片林子。大人们似乎也不怎么把他放在心里。村里有什么事情开会，从没有谁会想起来叫他。地里干活，也觉得他这个人并不存在，他们干他们的，谈他们的。那年，人口普查，负责登记的小学校的一个女老师竟将在林子里住着的这个麻子爷爷给忘了。

全村人都把他忘了。

只有在小孩子落水后需要抢救的时候，人们才忽然想起他——严格地说，是想起他的那头独角牛来。

这一带是水网地区，大河小沟纵横交错，家家户户住在水边上，门一开就是水。太阳上来，波光在各户人家屋里直晃动。"吱呀吱呀"的橹声，"哗啦哗啦"的水声，不时地在人们耳边响着。水，水，到处是水。这里倒不缺鱼虾，可是，这里的人却十分担心孩子掉进水里被淹死。

你到这里来，就会看见：生活在船上的孩子一会走动，大人们就用一根布将他拴着；生活在岸上的孩子一会走动，则常常被新搭的篱笆挡在院子里。他们的爸爸妈妈出门时，总忘不了对看孩子的老人说："奶奶，看着他，水！"那些老爷爷老奶奶腿脚不灵活了，撵不上孩子，就吓唬说："别到水边去，水里有鬼呢！"这里的孩子长到十几岁了，还有小时候造成的恐怖心理，晚上死活不肯到水边去，生怕那里冒出一个黑糊糊的东西来。

可就是这样，也还是免不了有些孩子要落水。水太吸引那些不知道它的厉害的孩子了。小一点的孩子总喜欢用手用脚去玩水，稍大些的孩子，则喜欢到河边放芦叶船或爬上拴在河边的放鸭船，解了缆绳荡到河心去玩。河流上漂过一件什么东西来，有放鱼鹰的船路过，卖泥螺的船来了……这一切，都能使他们忘记爷爷奶奶的告诫，而被吸引到水边去。脚一滑，码头上的石块一晃，小船一歪斜……断不了有孩子掉进水里。有的自己会游泳，当然不碍事。没有学会游泳的，有机灵的，一把死死抓住水边的芦苇，灌了几口水，自己爬上来了，吐了几口水，突然哇哇大哭。有的幸运，淹得半死被大人发现了救上来。有的则永远也不会回来了。特别是到了发大水的季节，方圆三五里，三天五天就传说哪里哪里又淹死了个孩子。

落水的孩子被捞上来，不管有救没救，总要进行一番紧张的抢救。这地方上的抢救方法很特别：牵一头牛来，把孩子横在牛背上，然后让牛不停地在打谷场上跑动。那牛一颠一颠的，背上的孩子也跟着一下一下地跳动，这大概是起到人工呼吸的作用吧？有救的孩子，在牛跑了数圈以后，自然会"哇"地吐出肚里的水，接着"哇哇"哭出声来："妈妈……妈妈……"

麻子爷爷的独角牛，是全村人最信得过的牛。只要有孩子落水，便立即听见人们四下里大声吵嚷着："快！牵麻子爷爷的独角牛！"也只有这时人们才会想起麻子爷爷，可心里想着的只是牛而绝不是麻子爷爷。

如今，连他那头独角牛，也很少被人提到了。它老了，牙齿被磨钝了，跑起路来慢慢吞吞的，几乎不能再拉犁、拖石磙子。包产到户，分农具、牲口时，谁也不肯要它。只是麻子爷爷什么也不要，一声不吭，牵着他养了几十年的独角牛，就往林间的茅屋走。牛老了，村里又有了医生，所以再有孩子落水时，人们不再想起去牵独角牛了。至于麻子爷爷，那更没有人提到了。他老得更快，除了守着那间破茅屋和老独角牛，很少走动。他几乎终年不再与村里的人打交道，孩子们也难得看见他。

这是发了秋水后的一个少有的好天气。太阳在阴了半个月后的天空出现了，照着水满得就要往外溢的河流。芦苇浸泡在水里，只有穗子晃动着。阳光下,是一片又一片水洎,波光把天空映得刷亮。一个打鱼的叔叔正在一座小石桥上往下撒网,一抬头,看见远处水面上浮着个什么东西,心里一惊,扔下网就沿河边跑过去,走近一看,掉过头扯破嗓子大声呼喊:"有孩子落水啦——!"

不一会儿,四下里都有人喊:"有孩子落水啦——!"

于是河边上响起纷沓的脚步声和焦急的询问声:"救上来没有?""谁家的孩子?""有没有气啦?"等那个打鱼的叔叔把那个孩子抱上岸,河边上已围满了人。有人忽然认出了那个孩子:"亮仔!"

亮仔双眼紧闭,肚皮鼓得高高的,手脚发白,脸色青紫,鼻孔里没有一丝气息,浑身瘫软。看样子,没有多大救头了。

在地里干活的亮仔妈妈闻讯,两腿一软,扑倒在地上:"亮仔——"双手把地面抠出两个坑来。人们把她架到出事地点,见了自己的独生子,她一头扑过来,紧紧搂住,大声呼唤着:"亮仔!亮仔!"

很多人跟着呼唤:"亮仔!亮仔!"

孩子们都吓傻了,一个个睁大眼睛,有的吓哭了,紧紧地抓住大人的胳膊不放。

"快去叫医生!"每逢这种时候,总有些沉着的人。

话很快地传过来了:"医生进城购药去了!"

大家紧张了,胡乱地出一些主意:"快送镇上医院!""快去打电话!"立即有人说:"来不及!"又没有人会人工呼吸,大家束手无策,河边上只有叹息声、哭泣声、吵嚷声,乱成一片。终于有人想起来了:"快去牵麻子爷爷的独角牛!"

一个小伙子蹿出人群,向村后那片林子跑去。

麻子爷爷像虾米一般蜷曲在小铺上,他已像所有将入土的老人一样,很多时间是靠卧床度过的。他不停地喘气和咳嗽,像一辆磨损得很厉害的独轮车，让人觉得很快就不能运转了。他的耳朵有点背，勉勉强强地听懂了小伙子的话后，就颤颤抖抖地翻身下床，急跑几步，扑到拴牛的树下。他的手僵硬了，哆嗦了好一阵，也没有把牛绳解开。小伙子想帮忙，可是独角牛可怕地喷着鼻子，除了麻子爷爷能牵这根牛绳，这头独角牛是任何人也碰不得的。他到底解开了牛绳，拉着它就朝林子外走。

河边的人正拥着抱亮仔的叔叔往打谷场上涌。

麻子爷爷用劲地抬着发硬无力的双腿，虽然跟跟跄跄，但还是跑出了超乎寻常的速度。他的眼睛不看脚下坑洼不平的路，却死死盯着朝打谷场涌去的人群：那里边有一个落水的孩子！

当把亮仔抱到打谷场时，麻子爷爷居然也将他的牛牵到了。

"放！"还没等独角牛站稳，人们就把亮仔横趴到它的背上。喧闹的人群突然变得鸦雀无声，无数目光一齐看着独角牛：走还是不走呢？

不管事实是否真的如此，但这里的人都说，只要孩子有救，牛就会走动，要是没有救了，就是用鞭子抽，火烧屁股腚，牛也绝不肯跨前一步。大家都屏气看着，连亮仔的妈妈也不敢哭出声来。

独角牛"哞"地叫了一声，两只前蹄不安地刨着，却不肯往前走。

麻子爷爷紧紧地抓住牛绳，用那对混浊的眼睛逼视着独角牛的眼睛。

牛终于走动了，慢慢地，沿着打谷场的边沿。

人们圈成一个大圆圈。亮仔的妈妈用沙哑的声音呼唤着：

"亮仔，乖乖，回来吧！"

"亮仔，回来吧！"孩子和大人们一边跟着不停地呼唤，一边用目光紧紧盯着独角牛。他们都在心里希望它能飞开四蹄迅跑——据说，牛跑得越快，它背上的孩子就越有救。

被麻子爷爷牵着的独角牛真的跑起来了。它低着头，沿着打谷场"咻通咻通"地转着，一会儿工夫，蹄印叠蹄印，土场上扬起灰尘来。

"亮仔，回来吧！"呼唤声此起彼伏，像是真的有一个小小的灵魂跑到哪里游荡去了。

独角牛老了，跑了一阵，嘴里往外溢着白沫，鼻子里喷着粗气。但这畜生似乎明白人的心情，不肯放慢脚步，拼命地跑着。扶着亮仔不让他从牛背上颠落下来的，是全村力气最大的一个叔叔。他曾把打谷场上的石磙抱起来绕场走了三圈。就这样一个叔叔也跟得有点气喘吁吁了。又跑了一阵，独角牛"哞"地叫了一声，速度猛地加快了，一蹿一蹿，屁股一颠一颠，简直是在跳跃。那个叔叔张着大嘴喘气，汗流满面。他差点赶不上它的速度，险些松手让牛把亮仔掀翻在地上。

至于麻子爷爷现在怎么样，可想而知了。他脸色发灰，尖尖的下颏不停地滴着汗珠。他咬着牙，拼命搬动着那双老腿。他不时地闭起眼睛，就这样昏头昏脑地跟着牛，脸上满是痛苦。有几次他差点跌倒，可是用手撑了一下地面，跌跌撞撞地向前扑了两下，居然又挺起身来，依然牵着独角牛跑动。

有一个叔叔眼看着麻子爷爷不行了，跑进圈里要替换他。麻子爷爷用胳膊肘把他狠狠地撞开了。

牛在跑动，麻子爷爷在跑动，牛背上的亮仔突然吐出一口水来，紧接着"哇"地一声哭了。

"亮仔！"人们欢呼起来。孩子们高兴得抱成一团。亮仔的妈妈向亮仔扑去。

独角牛站住了。

麻子爷爷抬头看了一眼活过来的亮仔，手一松，牛绳落在地上。他用手捂着脑门，朝前走着，大概是想去歇一会儿，可是力气全部耗尽，摇晃了几下，扑倒在地上。有人连忙过来扶起他。他用手指着不远的草垛，人们立即明白了他的意思：他要到草垛下歇息。

第十一根红布条

于是他们把他扶到草垛下。

现在所有的人都围着亮仔。这孩子在妈妈的怀里慢慢睁开了眼睛。妈妈突然把他的头按到自己的怀里大哭起来,亮仔自己也哭了,像是受了多大的委屈。人们从心底舒出一口气来:亮仔回来了!

独角牛在一旁"哞哞"叫起来。

"拴根红布条吧!"一位大爷说。

这里的风俗,凡是在牛救活孩子以后,这个孩子家都要在牛角上拴根红布条。是庆幸?是认为这头牛救了孩子光荣?还是对上苍表示谢意而挂红?这里的人并没有一个明确的说法,只知道,牛救了人,就得拴根红布条。

亮仔家里的人,立即撕来一根红布条。人们都不吱声,庄重地看着这根红布条拴到了独角牛的那根长长的独角上。

亮仔已换上干衣服,打谷场上的紧张气氛也已飘散得一丝不剩。惊慌了一场的人们在说:"真险哪,再迟一刻……"老人们不失时机地教训孩子们:"看见亮仔了吗?别到水边去!"人们开始准备离开了。

独角牛"哞哞"地对着天空叫起来,并在草垛下来回走动,尾巴不停地甩着。

"噢,麻子爷爷……"人们突然想起他来了,有人便走过去,叫他,"麻子爷爷!"

麻子爷爷背靠草垛,脸斜冲着天空,垂着两只软而无力的胳膊,合着眼睛。那张麻脸上的汗水已经被风吹干,留下一道道白色的汗迹。

"麻子爷爷!"

"他累了,睡着了。"

可那头独角牛用嘴巴在他身下拱着,像是要推醒它的主人,让他回去。见主人不起来,它又来回走动着,喉咙里不停地发出"呜呜"的声音。

一个内行的老人突然从麻子爷爷的脸上发现了什么，连忙推开众人，走到麻子爷爷面前，把手放到他鼻子底下。大家看见老人的手忽然控制不住地颤抖起来。过了一会儿，老人用发哑的声音说："他死啦！"

打谷场上顿时一片寂静。

人们看着他：他的身体因衰老而缩小了，灰白的头发上沾着草屑，脸庞清瘦，因为太瘦，牙床外凸，微微露出发黄的牙齿，整个面部还隐隐显出刚才拼搏着牵动独角牛而留下的痛苦。

不知为什么，人们长久地站着不发出一点声息，像是都在认真回忆着，想从往日的岁月里获得什么，又像是在思索，在内心深处自问什么。

亮仔的妈妈抱着亮仔，第一个大声哭起来。

"麻子爷爷！麻子爷爷！"那个力气最大的叔叔使劲摇晃着他——但他确实永远地睡着了。

忽地许多人哭起来，悲痛里含着悔恨和歉疚。

独角牛先是在打谷场上乱蹦乱跳，然后一动不动地卧在麻子爷爷的身边。它的双眼分明汪着洁净的水——牛难道会流泪吗？它跟随麻子爷爷几十年了。麻子爷爷确实锯掉了它的一只角，可是，它如果真的懂得人心，是永远不会恨他的。那时，它刚被买到这里，就碰上一个孩子落水，它还不可能听主人的指挥，去打谷场的一路上，它不是赖着不走，就是胡乱奔跑，好不容易牵到打谷场，它又乱蹦乱跳，用犄角顶人。那个孩子当然没有救活，有人叹息说："这孩子被耽搁了。"就是那天，它的一只角被麻子爷爷锯掉了。也就是在那天，它比村里人还早地就认识了自己的主人。

那个气力最大的叔叔背起麻子爷爷，走向那片林子，他的身后，是一条长长的默不作声的队伍……

第十一根红布条

在给他换衣服下葬的时候,从他怀里落下一个布包,人们打开一看,里面有十根红布条,也就是说,加上亮仔,他用他的独角牛救活过十一条小小的生命。

麻子爷爷下葬的第二天,村里的孩子首先发现,林子里的那间茅草屋倒塌了。大人们看了看,猜说是独角牛撞倒了的。

那天独角牛突然失踪了。几天后,几个孩子驾船捕鱼去,在滩头发现它死了,一半在滩上,一半在水中。人们一致认为,它是想游过河去的——麻子爷爷埋葬在对岸的野地里,后来游到河中心,它大概没有力气了,被水淹死了。

它的那只独角朝天竖着,拴在它角上的第十一根鲜艳的红布条,在河上吹来的风里飘动着……

月光里的铜板

秋天的深夜。

田野间的一条大路正中间,盘腿坐了一个叫九瓶的孩子。他困倦地但却又有点紧张地在等待着一支"送桩"的队伍。他知道,他们肯定会从这条大路的尽头过来的。

这地方,无论是婚丧嫁娶,还是新舍落成、大船下水、插秧开镰,都另有一套习俗。许多别具一格的仪式和特别的活动,都有别样的味道与情趣,并极有想象力。其中一项叫"送桩"。

这宗活动究竟是谁发明,又始于何年,这里的人已经不很清楚,但这活动却一直未曾中断过。

这一活动的全部目的在于:叫一个久未开怀的女人生养一个男儿。

这台大戏由 16 个大汉唱演。或许是嘴馋了想打牙祭,或许是真的同情那横竖生不出孩子的人家,在向主人表示了愿意出力又得主人默契后,经过一番精心策划,这 16 个大汉趁着夜色去一个姓成的人家悄悄偷了拴公牛的牛桩,然后用红布仔细裹好,放在一只大盘中,令一人捧着,其他各位前后保卫,在夜幕的掩护下送给这户不生养的人家。主人家早在家中静悄悄地等着,送桩队伍到了,又是一套仪式,等将这用红布包着的牛桩放在床的里侧之后,就听主人说:"开席!"那 16 个汉子一律被奉为上宾，酒席恭维。叫他们狂饮饱啖，直至酩酊大醉，倒的倒，闹的闹，钻桌底的钻桌底。

据讲，那女人当年就可开怀，并且生下的一定是个白胖小子。事实是否如此，无人论证，但都说极灵。至于为什么偷人家牛桩，大概是因为牛桩这一形象可作为男性的某个象征吧。至于为什么又一定要偷姓成人家的牛桩，估计是沾一个"事竟成"的美意。源远流长的民间活动年复一年地进行着，但很少会有人想起去研究它的出处和含义的。

就在这天，九瓶放学回家，正在院子里抽他的陀螺，就听母亲对父亲低声说："二扣子他们几个，要给东边二麻子家送桩呢。""哪天？""说是后天，后天是个好日子。""怎么漏了风声？要是有别人去劫桩，不就白摆了两桌酒席了？"母亲说："不知道是怎么走漏风声的。……"她望了一眼门外，"劫桩比送桩还灵呢。他三舅那年劫了人家的桩，送给他二舅家，当年不就得了阿毛！"转眼看见了九瓶，她忙叮咛道："别出去乱说，乱说撕你嘴！"

九瓶正一门心思地在抽他的陀螺，母亲的话风一样从他的耳边刮过去了，他依然抽他的陀螺。

他的陀螺很丑，是自己用小刀刻的，刀也没有一把好刀，因此看上去，那只陀螺就像狗啃的。抽陀螺的鞭子，说是鞭子，实际上不知是从什么地方捡来的人家扔掉的一根烂裤带。那裤带拴在一根随手捡来的还有点弯曲的细棍上。

九瓶买不起一只陀螺，哪怕只是5分钱一只的陀螺。九瓶不好意思在学校当着那么多同学的面玩他的陀螺。在学校，他只是看别人玩陀螺。那些陀螺是彩色的，一旦旋转起来，那些线条，就会旋成涡状，十分好看。一片大操场，几十只五颜六色的陀螺一起在旋转，仿佛开了一片五颜六色的花。鞭子抽着那些陀螺，发出一片"啪啪"响，没看到的还以为是放爆竹。那场面会看得九瓶心跳跳的。但他却装着并不十分感兴趣的样子。他摸摸书包中自己的那只拿不出手的陀螺，咽了咽唾沫，仰着脸，背着手，声音歪歪扭扭地哼着歌上厕所去了。

现在，九瓶在院子里使劲地抽着他的陀螺。他已憋了一整天了。

九瓶将院子里抽得灰蓬蓬的。

陀螺在泥灰里旋转着……

"……劫桩比送桩还灵呢……"

这聚精会神抽陀螺的孩子，耳朵旁莫名其妙地响起这句话来。他下意识地回头看了一眼，并未看到母亲——她早和父亲进屋里去了。

后来，这孩子的注意力就有点集中不起来了，地上的陀螺也就转得慢了下来。

一个念头像一条虫子钻进了他的脑子。

陀螺慢得能让人看到它身上的一个小小的疤痕了。它有点踉踉跄跄。他手中的鞭子有一搭无一搭，很稀松地抽着。陀螺接不上力，在挣扎着。他再也无心去救它。它终于在灰尘里倒了下去。

他呆呆地站在院子里，鞭子无力地垂挂在他的手中。

吃晚饭了。一盏小煤油灯勉强地照着桌子。

桌子上很简洁，除了一碗碗薄粥，就是桌子中间的一碗盐水。祖父、祖母、父亲、母亲，还有似乎多得数不过来的兄弟姐妹，人挨人地围着桌子。喝粥的声音、嘬盐水的声音交织在一起，听起来像是风从枯树枝间走过的声音。

今天，九瓶与家人喝粥、嘬盐水的节奏似乎不太一样，要迟钝许多。像有十几架风车在"呼呼"地转，转得看不见风叶，但其中有一架不知是为什么，转也转，但转得颇有点慢，那风叶，一叶一叶地在你眼前过。

一忽儿，大家都吃完了饭，九瓶却还没有丢碗。

母亲收拾着碗筷，顺手用一把筷子在他的头上敲了一下："快吃！"

他大喝了几口，抬头问："妈，劫桩比送桩灵吗？"

母亲疑惑地："你问这个干吗？"

九瓶低下头去，依然喝他的粥。

晚上，九瓶坐到了屋前的池塘边。在这个孩子的心里，一个念头在蠢蠢地生长着。

月亮映照在池塘里。水里也有了一个月亮。有鱼跃起，水晃动起来，月亮就在水里一忽儿变圆，一忽儿拉长。

来了一阵凉风，这孩子浑身一激灵，那个念头就一下蹦了出来：我要劫桩！

这念头的蹦出，就好像刚才那条鱼突然从水中蹦出一样。本在心里说的话，但他却觉得被人听见了，赶紧转头看了看四周……

"送桩"必须秘密进行。因为万一泄露天机，让别人摸清了送桩人的行动路线，只需在路上的一个隐秘处悄悄放一根红筷或一枚铜板，送桩队伍踏过之后，那牛桩上的运气、喜气就会全被劫下了。

九瓶还是个孩子，他还根本不明白也不关心女人们的生养之事，更无心想到自己日后也要捞个儿子，只知道这事一定妙不可言，一定会给这个人家带来什么吉利和幸事，不然主人干吗花了那样的大价钱仅仅为了获得一根破牛桩还乐颠颠的呢？

这孩子将牛桩抽象成了幸福与好运。

九瓶有点痴。这里的人会经常看到这孩子坐在池塘边或是风车杠上或是其他什么地方想心思。

九瓶幻想着。他将幸福与好运具体化了：我有一个好书包，是带拉链的那种，书包里有很多支带橡皮的花杆铅笔；我有一双白球鞋，鞋底像装了弹簧，一跃，手能碰到篮球架的篮板，再一跃，又翻过了高高的跳高横杆；口袋鼓鼓的，装的净是带花纸的糖块，就是上海的大姑带回来的那种世界上最好看的、引得那帮小不点儿流着口水跟在我屁股后头溜溜转的糖块；桌上再也不是空空的，有许多菜，有红烧肉，有鸡，有鹅，有鱼，有羊腿，有猪舌头，有猪头肉，有白花花的大米饭；有陀螺，是从城里买回来的，比他们所有人的陀螺都棒，我只要轻轻地给它一鞭子，它就滴溜溜地转，转得就只剩下了个影，我还能用鞭子把它从地上赶到操场的大土台上……

后来，这陀螺竟在九瓶的眼前飞了起来，在空中往前旋转着，眼见着就没了影，一忽儿却又旋转回来了，然后就在他的头顶上绕着圈旋转着……

牛桩撩拨着九瓶，引逗着九瓶，弄得九瓶心惶惶然。

母亲在喊他回家睡觉。

接下来的两天时间里，这孩子既坐卧不宁，又显得特别的沉着。他在精心计算着送桩队伍的行走路线。他在本用来写作文的本子上，画满了路线图。

"送桩"的路线是很有讲究的：必须是去一条，回又是一条，不可重复，而且来去必须各跨越5座桥。这其间的用意，九瓶不甚了了，那些送桩的人也未必了了。九瓶在与母亲的巧妙谈话中，搞清楚了一点：附近村里，共有3户姓成的人家养牛，而施湾的成家养的是一条母牛，实际上只有两户姓成的人家可能被偷牛桩。他又是一个喜欢到处乱走的孩子，因此，他用手指一扒，马上就知道了附近桥梁的数目。然后，他就在本子上计算：假如要来回过5座桥，且又不重复，应该走哪一条路线？他终于计算出了路线——这是唯一的路线。清楚了之后，他在院门口的草垛顶上又跳又蹦，然后从上面跳了下来。

这天傍晚，九瓶看到了二扣子他们三三两两、鬼鬼祟祟的样子。他

月光里的铜板

当着没有看见,依然在门口玩陀螺。

晚上,他说困早早地就上了床。

他藏在被窝中的手里攥着一枚铜板。那是他从十几块铜板中精心选出的一块"大清"铜板——其他的铜板都在玩"砸铜板"的游戏中被砸得遍体都是麻子,只有这一块铜板还没有太多的痕迹。

他将手拿了出来。铜板被汗水浸湿了,散发着铜臭。九瓶觉得这气味很好闻。他将铜板举了起来,借着从窗里照进来的月光,他看到它在闪光。

等父亲的鼾声响了起来,他悄悄地爬下了床,悄悄地打开了门,又悄悄地关上了门,然后就悄悄地跑进了夜色中。

他沿着狭窄的田埂,跑到了这条远离村庄的安静的大路上。他跳下大路,低头看了看路面下的涵洞。他从涵洞的这头看到了涵洞的那头。他像一条狗一样钻进了涵洞,然后将铜板放在了涵洞的正中间。他又爬到了大路上,然后就坐在路上等待着。他知道,距送桩的队伍通过这里还要有一段时间。

月亮在云里,云在流动,像烟,月亮就在烟里模模糊糊地飘游。

初时,九瓶并不太害怕,但时间一长,他就慢慢怕了起来。他的脑海里老是生出一些令人毛骨悚然的形象来:七丈黑魔、袅袅精灵、毛茸茸的巨爪和蓝幽幽的独眼……

起风了,是深秋之夜那种侵入肌骨的凉风。芦苇"沙沙沙"作响,让人总觉得这黑暗里潜伏着个什么躁动不安、会随时一蹿而出的黑东西。天幕垂降的地方是片老坟场。蓝晶晶的鬼火在隆起的坟间跳跃着,颤动着。

此时,那些在瓜棚豆架、桥头水边听到的鬼怪故事都复活了。那风车,那树,那土丘,都变成了有生命的东西,并且看它们像什么就像什么。

黑不见底的林子里，不时传来一声乌鸦凄厉的叫声。风也渐渐大了起来。

九瓶有点坚持不住了，他向家的方向望着。

眼前又出现了陀螺。他就告诉自己，不要想别的，就只想陀螺。陀螺就在打谷场上转了起来，在学校的操场上转了起来，在路上转了起来，在桥上转了起来，在空中转了起来，在水上转了起来……

"刷、刷、……"

从远处传来了这样一种声音，这个孩子的心一下收紧，陀螺像一束光消失了。他跳下大路，钻进了路边的芦苇丛。他没有往芦苇丛的深处去，他要守着他的涵洞和铜板。他要亲眼看到他们从涵洞上、铜板上跨过。

送桩的队伍正走过来。走在前面的是八个大汉，分两列，各执一把大扫帚。他们一路走，一路横扫着路面。他们要扫掉有可能掩藏于路上的暗物，使那些可能在暗中正实施着的劫桩计划不能够实现。

月亮从云罅里洒下一片白光。

九瓶轻轻扒开眼前的芦苇。他已能清楚地看见长长的送桩队伍了：八个大汉有节奏地扫着路面，一路的灰尘，中间一个大汉捧着牛桩，后面还有七个大汉保护着，一副煞有介事、神圣不可侵犯的样子。田野上，笼上一片神秘的气氛。

九瓶看呆了，一不小心碰响了芦苇。

队伍忽地停下了。

九瓶像一只受惊的猫，紧紧地伏贴在地上，不敢出气：按这里的乡民们一律都得服从、不可违抗的铁规，一旦发现有人劫桩，全部费用都得由劫桩者承担，没有二话。

月光里的铜板

"刷刷刷"声又重新响起。

九瓶慢慢地抬起头来,身上却早出了一身冷汗。

扫帚声宏大起来。队伍已经开始通过涵洞。走在前面扫路的几个汉子,是极负责任的,他们扫得很卖力,灰尘、草屑被扫到了路下,甚至扬到了芦苇丛里。

队伍又停了下来。

有人说:"我记得这儿有个涵洞。"

九瓶在芦苇丛中将眼睛睁大了。

后面的一个汉子就跳下了路,低头朝涵洞里望着,还伸手朝里面撸了撸。也没有说一声他所观察到的情况,就又回到路上。

"刷刷刷"声又响了起来,然后越来越远,越来越小……

九瓶从芦苇丛里站了起来。他踮脚远眺,侧耳细听了一阵,知道他们确已远去,便冲出了芦苇丛,扑到涵洞口,就地趴下,将一只手颤颤抖抖地伸进涵洞里急促地抓摸起来:咦!那铜板呢?九瓶将头伸进了涵洞,两只手在里面胡乱地抓摸着,半天也没有抓摸到,急得把手抠到烂泥里。

他停住了,趴在涵洞里不动弹了:铜板给摸走了!

风从涵洞的那头吹来,凉丝丝的。

九瓶不知趴了多长时间。

树林里,传来了乌鸦声。

他将身子慢慢朝后退着。他的手掌好像碰到了什么,他浑身哆嗦起来——他从砖缝里找到了铜板!

攥着铜板,他沿着田埂撒腿朝家跑去。在过一座独木桥时,他走到中间时就有点不能保持平衡了,终于未等完全走过去,跌落到了桥下,重重地摔在了河坎上。他挣扎了半天也不能起来,腰好像被跌断成了两截。他索性躺在了缺口里哼哼着。一边哼，一边张开碰破了皮正在流血的手，他见到了那枚铜板在月光下闪闪发亮。

回到家，九瓶把铜板放在一个不知从哪儿捡来的空罐头铁桶里，搂在怀里睡着了。

第二天上学前，九瓶轻轻地摇了一下小铁桶，铜板撞击着，发出清脆悦耳的声音。九瓶把它放在耳边，那金属的余音还久久地响着。他认定好运都传到了这枚铜板上，都被它给留住了。

他把小铁桶放在窗台上。它受着阳光的照射，给了这个孩子无限的遐想……

大约过了一个星期，不知是为什么，他开始莫名其妙地不安和烦躁起来……

二麻子家离九瓶家约百步之遥。每日上学，九瓶必经他家门前。二麻子其实并非麻子，只是他的哥哥和弟弟都是麻子，按排行叫顺了，他也成了麻子。这人很厚道，平素总是笑模笑样的。不知是因为九瓶长得招人喜爱，还是因为九瓶总甜丝丝地叫他叔叔，他似乎特别喜欢九瓶。他爱捕鱼，总是叫九瓶给他提着鱼篓，临了分九瓶一碗小鱼小虾带回家去。他已四十出头，但还没有孩子。大概是他夫妇俩想到了他们已再也没有时间了，才决定答应让人送桩的。虽然看上去，他家的日子要比九瓶家好一些，但花这笔钱也是很不容易的。因为，九瓶上学放学路过他家门前时，眼睛一瞥，总看见他们夫妻俩一日三顿尖着嘴，"稀溜稀溜"地喝带野菜的粥。咸菜都舍不得吃（拿到市上卖了），只是像九瓶家一样也"吧嗒吧嗒"地用筷子蘸盐水。但夫妻两个却满面荡漾着笑容。

"捕鱼去吧。"他几次邀请九瓶。

"不。"九瓶头一低走了。

一天，他在路上遇到了九瓶，有点生气了："喂，你为什么不叫我叔叔了?"

九瓶抬头看了一眼他那双和气的细小的眼睛,赶紧从路边上溜了。

回到家,九瓶望着窗台上的小铁桶,就有点发呆。

"看,看,成天看,一个破铁桶怎么看个不够?"母亲唠叨着。

九瓶把铁桶藏到了让猫进出的门洞里。

过了几天,九瓶晚上放学回家,老远就闻到一点鱼味:"妈,哪来的鱼?"

"你二麻子叔叔给你送来的。你怎么不叫他叔叔了?你这孩子怎么这样没心肝?白眼狼!打上回受桩,他欠了人家的债,打的鱼连自己都舍不得吃,卖了挣钱,却还给你留点。"

那鱼,九瓶是一筷子未动,全被弟弟妹妹们吃了。从此九瓶上学不再从二麻子家门前经过,而是绕了一个很大的弯儿走了另一条道。

此后,九瓶少不了在田埂上、小河边撞见二麻子。他瘦了,肩胛耸起,大概日子过得过于俭朴。但那对蝌蚪状的眼睛里,两撇短而浓黑的眉间,厚实而拉得很开的嘴唇边却洋溢着喜滋滋的神态。九瓶甚至听见他在捕鱼时,竟不怕人见笑地用喑哑的嗓子哼起粗俗的小调来。他每次见到九瓶,总是宽厚地甚至讨好地对九瓶笑笑。仿佛他真的在什么地方不小心得罪了九瓶,希望九瓶谅解他。

见到那对目光,九瓶逃遁了。

学校的老师同学、家里的人都发现了这一点:九瓶常常走神,并且脸色看上去好像生病了。但家里孩子多,家里人也没有将他太当回事。

一天母亲从外面回来,对父亲说:"二麻子家的还真怀上了。"

九瓶听见了,冲到了外面,爬上了门口的大草垛。站在垛顶上,他望着天空,张开双臂,并摆动双臂,像要飞起来,还"嗷嗷"大叫。

后来,他躺在草垛顶上,将两只胳臂垂挂在草垛顶的两侧,头一歪,竟然睡着了。

这样过了几天,九瓶却又很快地陷进焦灼的等待。大人们都在说,怀孕不等于送桩的成功,还必须在九个月后再看是否是个男孩儿,女孩不算,女孩是草芥,是炮灰。

二麻子的妻子似乎因为自己突然怀孕而变得情绪亢奋,脸颊上总是泛着新鲜的红光。她的腹部日甚一日地鼓大,大摇大摆、笑嘻嘻地从人面前晃过。她似乎最喜欢到大庭广众之中去,因此常常从九瓶家门前经过到村头那个石磨旁——那儿经常不断地有人聊天。

九瓶则常常悄悄地闪到村头的那棵银杏树后,探出半个脸,用一只眼睛望着她腆起的腹部:那里面到底是个女孩还是个男孩呢?

她发现了九瓶,笑了:"鬼!瞅什么哪?"她低头看了一眼那隆得很漂亮很帅气的腹部,笑得脆响,"你妈当年就这样怀你的。尖尖的,人都说她要生男孩。结果生下你,真是,一个好看的大小子,福气!"

九瓶不敢看她。

"哎,"她走过来,小声说,"你说叔母一定会生个小子吗?"

九瓶点点头,撒腿就跑。

她在九瓶身后"格格格"地笑着:"小鬼,羞什么呢?"

她不再出来走动了。一天,九瓶在田埂上挖野菜,忽见二麻子气喘吁吁地朝村子里跑去,人问他干吗着急,他结结巴巴地说他妻子肚子疼了,要找接生婆。

九瓶把野菜挖到了离他家不远的地方,藏在树丛里。从那里,能听到二麻子家的一切动静。他的呼吸有些不均匀,他能听到自己快速的心跳。

夜幕降临之际,从茅屋里传出了"呱呱"的啼哭声。

黑暗里,路上开始有人说话了:"二麻子家的生啦!""男的女的?"

月光里的铜板

"丫头片子!"

九瓶愣了,忘了拿竹篮和铁铲,在野地里遛了半天才回了家。

母亲正在屋里与几个女人议论桩是否被人劫了去了。意见差不多:被劫了。于是,她们就用狠毒的字眼骂那个劫桩者。

夜深了,九瓶蹑手蹑脚地爬起来,从门洞里摸出那个小铁桶,倒出了那块铜板。月光下,它依然闪烁,十分动人。

九瓶在手里将它翻看了几下,用手捏住它的边缘,然后手指一松,它就"当"地跌进了铁桶。

第二天,九瓶觉得很多人在用眼睛看他。

第三天,九瓶觉得所有的人都在用眼睛看他。

第四天,正当九瓶要把小铁桶深深地埋葬掉时,二麻子一脚跨进了九瓶家院门。

九瓶一下子靠在了院子里的石榴树上。

二麻子显得十分激动,厚嘴唇在颤抖,套在胳膊上的竹篮也在颤抖。

九瓶以为二麻子会过来一把抓住他。可是,二麻子却笑了,揭掉盖在竹篮上的布,露出一篮子染得通红的鸡蛋来。

母亲已迎出来:"他二叔……"

"添了个小子,请你家吃红蛋!"

母亲依旧怔怔地望着他。

他像是明白了:"接生婆的主意,说我四十出头得子不易,按过去的老规矩来,先瞒三朝。"转而冲着九瓶,"接呀!"

九瓶疑惑着,站着不动。

二麻子过来,抓过九瓶的两只手:"在这个村里,我最喜欢的孩子就是你了。"他在九瓶的手上各放了一个鲜红的鸡蛋。

九瓶又愣了一会,一手抓了一个红蛋,高高地举着,冲出了院子。

月光里的铜板

太阳很好,阳光灿烂。天空净洁,显得无比高远。林子里,荷叶间,草丛中,鸟叫虫鸣。万物青青,透出一派新鲜的生命。九瓶把两只红蛋猛力抛向空中。它们在蓝天下划了两道红弧。

晚上,九瓶又想起了门洞里那个小铁桶儿。他把它摸出来,捧着,来到了门前的池塘边坐下。他轻轻地摇了摇,那金属的声音依旧那么清脆。

他忽然有点伤感,有点惆怅,有点惋惜,还有点失望。

清夜无尘,月色如银。

九瓶将铁桶高高地举起,然后使劲摇着。铜板在铁桶里"哗啦哗啦、哗啦哗啦"……

九瓶终于不摇了。他取出铜板,用手捏住,举在眼前。它的边缘镶了细细一圈光圈。他将它拿到了鼻子底下闻了闻,然后站了起来,用力将它抛进了月光里……

天空的呼唤

一个放鹅的男孩，在浅滩上捡到了一只蛋。

他把这只蛋举起来，放在阳光下看了看，回家后，轻轻地把它塞到了昨天刚刚孵蛋的那只母鹅的身子底下。

心想：多孵出一只小鹅来，那该多好！

过了些日子，母鹅的身子底下，便断断续续地响起了"笃笃笃"的声音。不久，一只只毛茸茸的小鹅就从断裂的蛋壳中怯生生地钻了出来。

那只捡回来的蛋，是在傍晚时最后裂开的。一个可爱的小家伙，叫了两声，很快与哥哥姐姐们一起，钻到了妈妈蓬松的羽毛下。

过了两天，母鹅就开始领着它的孩子们走出院子，开始觅食了。

最后出生的小家伙，两眼上方各有一个黑点儿，看上去，格外让人喜欢。妈妈、哥哥和姐姐们都叫它"点儿"。它们"点儿点儿"地叫着，疼爱得要命。

鹅们自由自在地走动着，有时出现在池塘边，有时出现在田埂上，有时出现在打谷场上，有时出现在果园里。

大约过了半个月，妈妈带领它们来到河边。

望着河水，它们既激动又胆怯。在妈妈的鼓励下，最后，它们一只一只地都跳进了河水里。开始时，有点儿紧张，但不一会儿，就慢慢安静了下来，并很快就喜欢上了水，喜欢上了河，喜欢上了轻盈盈的游动。

整整一个夏天，它们几乎天天游动在水上。

一只蓝蜻蜓飞来了，吸引了刚刚长出翅膀的黑点儿。

蜻蜓飞去，它也跟随它游去。

蜻蜓飞进芦苇丛，一忽儿就不见了。

黑点儿这才发现，它已远离了妈妈和哥哥姐姐们，惊慌地喊叫起来："嘎——哦——！……"

但却没有妈妈和哥哥姐姐们的回音。

一条阴险的黑狗，早就注意上了黑点儿。它潜行在芦苇丛中，当看到黑点儿在一片空地上神色慌张地寻找鹅群时，"嗖嗖"地跑出芦苇丛，一下子窜到了黑点儿的面前。

黑点儿十分惊恐，使劲呼唤着妈妈和哥哥姐姐们。

黑点儿在里面转着圈儿，黑狗就在外面转着圈儿，白圈儿，黑圈儿，黑圈儿把白圈儿死死地围在当中。

黑狗不想再玩这种游戏了，一下子扑上来，用双爪将黑点儿压在地上，"呼哧呼哧"地喘息着，吐出的长舌，颤悠着，不停地流着黏稠的液体。

妈妈和哥哥姐姐们找来了！

它们伸长脖子，"嘎哦嘎哦"地叫着，飞速扑向黑狗。

黑狗没有放弃黑点儿，依然用双爪压着黑点儿，在喉咙里"呼噜"着，凶狠地威胁着鹅们。

冲在最前面的一个哥哥，在用嘴去啄黑狗时，被黑狗扭头咬了一口，顿时鲜血汩汩流出，顺着羽毛，流到草丛中。

但它们没有被吓住，反而展开翅膀，不顾一切地冲了上去。

妈妈扇动着强而有力的大翅，"啪！啪！"狠狠地抽打着黑狗，并又

天空的呼唤

出其不意地用嘴狠狠地对准黑狗的眼睛啄了一下。黑狗一阵哀鸣，丢下黑点儿，仓皇逃窜。

鹅们不屈不挠地追赶过去，直到黑狗消失得无影无踪。

黑点儿一时起不来，妈妈和哥哥姐姐们就围着它，不住地用嘴去轻轻地梳理它的羽毛，并把嘴插到它的身子底下，轻轻地拱它起来。

它终于摇摇晃晃地站了起来。

妈妈和哥哥姐姐们欢快地叫成了一片："嘎哦——！嘎哦——！……"

妈妈将孩子们重新领回河里。

一家子紧紧地簇拥着黑点儿，不住地向它身上撩水抚慰它，向家游去。

到了秋天，孩子们都已长大了，看上去几乎与妈妈一般大。

黑点儿显然是一个男孩，一个十分英俊的男孩。长长的脖子，优美绝伦；走路的样子，派头十足。

哥哥姐姐们都说："我们家，点儿最漂亮！"

它们依然会经常到河里。

当它们一起倒着个，头冲下，将长长的脖子扎到水中觅食，只露出尾巴时，水面上就仿佛盛开着一朵朵莲花。

鹅们一家，进入了一个平静的冬天。

当它们像雪团一样走在雪地上，张开翅膀互相追逐，把雪扇得纷纷扬扬时，谁都会羡慕这幸福的一家子。

春天到了，草色青青。

鹅们每天都很贪婪地吃着青草，常常吃得脖子鼓鼓的不能弯下，只好直着。

这是一个风和日丽的上午。

鹅们正在吃草，天空突然传来一阵让人惊心动魄的鸣叫："克噜——！克哩——！……"

正在吃草的黑点儿，心猛地一抖，不由自主地抬起头来，向天空望去——

一支天鹅的队伍正从东边的天空飞来。

黑点儿惊呆了：它从未见到过这样美丽的飞翔。

妈妈和哥哥姐姐们却似乎并没有在意长空里的鸣叫，依然在吃着又鲜又嫩的青草。

领头的天鹅又是一声长鸣。

黑点儿的内心，犹如听到了嘹亮的号角。

它不由自主地慢慢矮下身子，慢慢展开翅膀……

天鹅的阵形渐渐滑向西方的天空。

黑点儿神情迷惑地看着天空，看着看着，终于情不自禁地展开了翅膀——它发现它能飞翔，这让它大吃一惊！一阵摇摇晃晃之后，它居然能"噼啪、噼啪"地拍着双翅，随着一串脆响，轻而易举地飞上了天空。

妈妈和哥哥姐姐们顿时惊呆了，随即伸长脖子，向天空急切地大声呼唤着"嘎哦！嘎哦！嘎——哦——！……"

黑点儿却无动于衷，头也不回，不住地扇动翅膀，越飞越高，并且直向天鹅群快速追去。

它越飞越远，渐渐变成了一个黑点，后来黑点渐小，直至消失在天边。

妈妈和哥哥姐姐们一直站在草地上，一动不动地仰望着西边的天空……

当晚霞染红了西边的天空时，霞光里出现了一个小小的黑点。后来黑点渐大、渐大……

一只天鹅出现在天空。

天空的呼唤

它盘旋了一圈，匆匆落下。

妈妈和哥哥姐姐们一见，连忙拍着翅膀围拢上来，伸长着脖子，"嘎哦嘎哦"地叫个不停，然后不住地用嘴摩擦着黑点儿的羽毛。

黑点儿惊魂未定，不住地用脖子摩擦着妈妈和哥哥姐姐们的脖子。

那时，霞光红得像开了一天边的玫瑰花。

后来的日子，看上去好像也没有什么太大的变化。

黑点儿一家照常去草滩上吃草，去河里游动，把好看的影子投在荡着水波的水面上。

但黑点儿会突然心头一动，不由自主地抬起头来仰望天空。

妈妈陪伴黑点儿的时间越来越长，越来越长。

有时，它们一家会一起扇动翅膀，发疯似的在田野上跑动，把草地扇出一个个漩涡。但跑着跑着，一个个好像忽地想到了什么，便不声不响地停了下来。

秋天到了。

世界把绿色交给了金色。

这天，它们一家子在浅滩上觅食，不知为什么，从早上开始，黑点儿的心里就总是感到有点儿慌乱。它始终不看天空，一个劲地低头寻找着食物。

它的心里一直害怕着——害怕听到来自天穹的一种声音。

妈妈和哥哥姐姐们也好像预感到了什么，总是不住地去看天空。

但，那声音还是从天边响起了："克噜——！克哩——！……"

妈妈和哥哥姐姐们立即抬起头来，仰望天空。

而黑点儿却低下头去，大口大口地吃着这一年的最后一片青草。

一群天鹅，排列着优美的阵形，正从西边的天空向这边飞来。

黑点儿抬起一侧翅膀，把脑袋藏到了翅膀下面，那副安静的样子，仿佛现在是睡觉的夜晚。

一声高亢的鸣叫，撕破了长空。

黑点儿的心不禁一阵颤抖，整个身体也跟着颤抖起来，站在浅水中的双腿周围，水荡出细密的波纹。

妈妈和哥哥姐姐们就这样一直心紧紧地攥着，默默地注视着天空，天鹅群飞到哪儿，它们的脑袋就跟着转到哪儿。

天鹅群飞临它们的上空后，竟不再继续前行，却开始了低空盘旋。

不一会儿，它们便开始一起鸣叫："克噜——！克哩——！……"

天空顿时响成一片，好像漫天的暴雨。又因它们的鸣叫，天空变得十分明亮，像镀了一层金色。

黑点儿好像听到了天空中的翅膀划破气流时发出的咝咝声，它将脑袋更深地藏在了自己的翅膀下。

过了很久，天鹅群才渐渐远去。

世界变得鸦雀无声。黑点儿不由得一阵惶恐，将脑袋从翅膀下缓缓抽出，然后高高扬起，朝向了天空。

远处的天空，传来最后一阵鸣叫："克噜——！克哩——！……"

黑点儿慢慢矮下身子，并慢慢打开翅膀。但要飞没飞时，却又收拢了翅膀。然后，再打开，再收拢，几次反复，这才"噼啪噼啪"地扇动翅膀向天空飞去，浅滩上留下一路水花。

它在它的村庄，它在它的妈妈和哥哥姐姐们的上空，一圈又一圈地盘旋着："嘎哦——！嘎哦——！……"

妈妈和哥哥姐姐们一起叫唤："嘎哦——！嘎哦——！……"

眼见着，天鹅群马上就要消失在苍茫的天边。

它这才掉转头向西边的天空飞去，但却又很快飞了回来。

这时，它仿佛听到了妈妈的声音："去吧，孩子，再不飞就来不及了……"

这时，它仿佛听到了哥哥姐姐们的声音："点儿，上路吧！明年春天，我们在这里等你……"

"克噜——！克哩——！"

它一声长鸣，满天空悲切。它最后看了一眼妈妈和哥哥姐姐们，猛地调转头去，向天边飞去，向远方飞去，不停地飞去……

2008年7月3日晚完稿于蓝旗营

红 葫 芦

1

妞妞只要走出家门，总能看见那个叫湾的男孩抱着一只鲜亮的红葫芦泡在大河里。只要一看到湾，她便会把头扭到一边去看爬上篱笆的黄瓜蔓，或扭到另一边去看那棵小树丫丫上的一只圆溜溜的鸟巢，要不，就仰脸望大河上那一片飞着鸽子的清蓝清蓝的天空。但耳边却响着被湾用双脚拍击出的闹人的水声。临了，她还是要用双眼来看泡在大河里的湾，只不过还是要把一副毫不在意的样子明确地做出来。

妞妞对这个男孩几乎一无所知，唯一的一点了解是：这男孩的父亲是这方圆几百里有名的大骗子。

大河又长又宽。她家和他家遥遥相望。河这边，只有她们一家，而河那边也只有他们一家。这无边的世界里，仿佛就只有这两户孤立的人家。

大河终日让人觉察不出地流淌着，偶尔会有一只远方来的篷船经过，"吱呀吱呀"的橹声，把一番寂寞分明地衬托出来后，便慢慢地消失在大河的尽头了。

红葫芦

正是夏天，两岸的芦苇无声地生发着，从一边看另一边，只见一线屋脊，其余的都被遮住了。

每天太阳一升起，湾就用双手分开芦苇闪现在水边。他先把那只红葫芦扔进水里，然后，往身上撩水。水有点凉，他夸张地打着寒噤，并哆哆嗦嗦地仰空大叫，然后跃起，扎入水中，手脚一并用力，以最大的可能把水弄响。

碧水上，漂浮着的那只红葫芦，宛如一轮初升的新鲜的小太阳。

这地方上的孩子下河游泳，总要抱一只晒干了的大葫芦。作用跟城里孩子用的救生圈一样。生活在船上的小孩，也都在腰里吊一只葫芦，怕的是落水沉没了。大概是为了醒目，易于觉察和寻找，都把葫芦漆成鲜艳的红色。

红葫芦就在水面上漂，闪耀着挡不住的光芒。

湾用双手去使劲拍打水，激起一团团水花，要不就迅捷地旋转身子，用手在水上刮出一个个圆形的浪圈。那升腾到空中去的水，像薄薄的瀑布在阳光下闪着彩虹。

妞妞禁不住这些形象、声音和色彩的诱惑。她只好去望水，望"瀑布"，望光着身子的湾和红葫芦。

湾知道河那边有一双眼睛终于在看他。于是，他就拿出所有的本领来表现自己。

他赤条条地躺在水面上，一只胳膊压在后脑勺下，另一只胳膊慵懒地耷拉在红葫芦的腰间，一动不动，仿佛在一张舒适的大床上睡熟了。随着河水的缓缓流动，他也跟着缓缓流动。

妞妞很惊奇。但不知道是惊奇这河水的浮力，还是惊奇湾凫水的本领。

风向的缘故，湾朝妞妞这边漂过来了。岸上的妞妞俯视水面，第一回如此真切地看到了湾。她的一个突出印象便是：湾是一个不漂亮的、瘦得出奇的男孩。

湾似乎睡透彻了，伸了伸胳膊，一骨碌翻转身，又趴在了水面上。他看了一眼妞妞。他觉得她已经开始注意他。他往前一扑，随即将背一拱，一头扎进水中，但却把两条细腿高高地竖在水面上。

妞妞觉得这一形象很可笑，于是就笑了——反正湾也看不见。

一只蜻蜓飞过来，以为那两条纹丝不动的腿为静物，便起了歇脚的心，倾斜着身子，徐徐落下，用爪抱住了其中一只脚指头。

湾感到痒痒，打一个翻身，钻出水面，然后把脑袋来回一甩，甩出一片水珠，两只眼睛便在水上忽闪闪地发亮。

这一形象便深深地印在了妞妞的脑子里。

他很快乐地不停地喷吐着水花。

妞妞便在河岸上坐下来。

他慢慢地沉下去，直到完全消失了。

妞妞在静静的水面上寻觅，但并不紧张，她知道，他马上就会露出水面来的。

但他却久久地未再露出水面来。

望着孤零零的红葫芦，妞妞突然害怕起来，站起身，用眼睛在水面上匆匆忙忙、慌慌张张地搜寻。

依然只有红葫芦。

大河死了一般。

妞妞大叫起来："妈——妈——！"

后面茅屋里走出妈妈来："妞妞！"

"妈——妈——！"

"妞妞，你怎么啦？"

"他……"

近处的一片荷叶下，钻出一张微笑的脸。

妞妞立即用手捂住了自己还想大叫的嘴巴。

"妞妞，你怎么啦？"妈妈过来了，"怎么啦？"

妞妞摇摇头，直往家走……

2

一连好几天，湾没有见到妞妞再到水边来，不论他将水弄得多么响，又叫喊得多么尖厉。终于感到无望时，湾便抱着红葫芦游向原先总喜欢去的河心小岛。

很小很小一个小岛。

在此之前，湾能一整天独自待在小岛上。谁也说不清楚他在那里干什么。

妞妞没有再到河边来，但每天总会将身子藏在门后边，探出脸来望大河。她将一切都看在眼里。她知道，湾喜欢她能出现在河边上。

又过了几天，当湾不再抱任何希望，只是无声地游向小岛时，妞妞拿了一根竹竿走向了河边。

妞妞穿一件小红褂儿，把裤管挽到膝盖上。

湾坐在河对岸，把红葫芦丢在身旁，望着妞妞。

妞妞一直走到水边，用竹竿将菱角的叶子翻起，那红艳艳的菱角便闪现出来。她用竹竿将菱角拨向自己，然后将红菱采下，但大多数菱角都长在她的竹竿够不到的地方。她尽量往前倾斜身子伸长胳膊，勉强采了几只，便再也采不到了。

湾把红葫芦抛进水中，然后轻轻游过来。

妞妞收回竹竿望着他。

他一直游过来，掐了一片大荷叶，然后专门寻找那些肥大的菱角，将荷叶翻过来，把一只只弯弯的两头尖尖的红菱采下来放在荷叶里。不一会儿工夫，那荷叶里便有了一堆颜色鲜亮的红菱。他又采了几只，然后用双手捧着，慢慢朝妞妞游过来。

他的身体完完全全地出了水面，站在了妞妞的面前。

他确实很瘦，胸脯上分明排列出一根根细弯的肋骨来。他不光瘦，而且还黑，黑瘦黑瘦。

他朝妞妞伸出双臂。

妞妞没有接红菱。

他便把红菱轻轻放在她脚下，然后又亮着单薄的脊背，走回到大河里。

妞妞一直站着不动。

妞妞慢慢蹲下身去，用双手捧起荷叶。

他眼里便充满感激。

"妞妞——！"

妞妞没有答应妈妈。

"妞妞——！"妈妈向这边找过来了。

妞妞犹豫不决地望着手中的红菱。

"妞妞，你在哪儿呢？"

妞妞把红菱放到原处，转身去答应妈妈："我在这儿！"

"妞妞，回家啦，跟妈妈到外婆家去。"

妞妞爬上岸，掉头望了一眼湾，低头走向妈妈。

回家的路上，妞妞问妈妈："他爸真是大骗子吗？"

"你说谁？"

妞妞指对岸。

"他爸已关在牢里三年了。"

妞妞回头瞥了一眼大河,只见湾抱着红葫芦朝小岛游去……

3

妞妞还是天天到大河边来。

湾尽可能地施展出大河和自己的魅力,以吸引住妞妞,并近乎讨好地向妞妞做出种种殷勤的动作。

天已变得十分的炎热了。每当中午,乌绿的芦苇,就都会晒卷了叶子。躲在阴凉处的纺纱娘,拖着悠长的带着金属性的声音,把炎热和干燥的寂寞造得更浓。七月的长空,流动的是一天的火。

水的清凉,诱得妞妞也直想到水中去。

"你怎么总在水里呢?"妞妞问湾。

"水里凉快。"

"真凉快吗?"

"不信,你下水来看。"

妞妞爬上岸,见妈妈往远处地里去了,便又回到水边:"水深吗?"

"中间深,这儿全是浅滩。"湾从水中站起来,亮出肚皮向妞妞证实这一点。

芦苇丛里钻出几只毛茸茸的小鸭。它们是那样轻盈地凫在水上。它们用扁嘴不时地喝水,又不时地把水撩到脖子上,亮晶晶的水珠在柔软的茸毛上极生动地滚着。一只绿如翡翠的青蛙受了风的惊动,从荷叶上跳入水中,随着一声水的清音,荷叶上"滴滴答答"地滚下一串水珠,又是一串柔和的水声。

大河散发着清凉。

大河深深地诱惑着妞妞。

妞妞被太阳晒得红红的脸，由于水引起的兴奋，显得更加红了。

湾在水中，最充分地表露着水给予他的舒适和惬意。

妞妞把手伸进水中，一股清凉立即通过手指流遍全身。

"下来吧，给你红葫芦。"

妞妞拿不定主意。

"别怕，我护着你！"

妞妞动心了，眼睛一闪一闪地亮。

湾走过来，捧起水浇在仍在彷徨的妞妞身上。

妞妞打了一个寒噤，侧过身子。

湾便更放肆地朝她身上又泼了一阵水。

妞妞便害臊地脱下小褂儿，怯生生地走进水里。

她先是蹲在水中，随后用双手死死抓住岸边的芦苇，伏在水上，两腿在水上胡乱扑腾，闹得水花四溅。

水确实是迷人的。妞妞下了水，就再也不愿上岸了。

湾便有了一种责任，不再自己游泳，而把全部的心思用在对妞妞的保护上。

水，溶化了两个孩子之间的陌生和隔膜。

他们或一起在芦苇丛里摸螺蛳，或在浅水滩上奔跑、跌倒，或往深处去一去，让水一直淹到脖子，只把脑袋露在水面上。

大河异常的安静。两颗脑袋长久地、默默地对望着。

过了几天，妞妞在充足地享受了水的清凉和柔情之后，不再满足老待在浅水滩上瞎闹了。她向往着大河的中央和大河的那边，渴求自己也能一任她的愿望，自由地漂浮在这宽阔的水面上。

湾极其乐意为她效劳。他不知疲倦地、极有耐心地教她游泳。

那些日子，阳光总是闪着硫黄色的金光，浓郁的树木和芦苇衬托着无云的天空。湾的心情开朗而快活。

大河不再是孤独的。

妞妞的胆量一日一日地增大。大概过了六七天，妞妞想到小岛上去的念头变得日益强烈，居然敢向湾明确提出这样的要求："让我抱着红葫芦，也游到小岛上去吧。"

湾同意。

妞妞抱着红葫芦往前游，湾就在一旁为她护游。

小岛稍稍露出水面，土地是湿润的。岛上长着几十棵高大的白杨，一棵棵笔直而安静地倒映在水中。五颜六色的野花，西一株，东一丛，很随意地开放着。岛中央还有一汪小小的水塘，几只水鸟正歇在塘边的树丫丫上。

妞妞仰脸望，那些白杨直插向蓝色的天空。

"你老来这里吗？"

"老来。"

"干吗老来呢？"

"来玩。"

"这儿有什么好玩呢？"

"好玩。"

"……"

"我来找我们班的同学玩。"

妞妞就糊涂了：这不就是空空的一个小岛吗？

湾带妞妞走到一棵白杨树下，用手指着它："他是我们班的王三根。"

妞妞扭过头去看时,发现那棵白杨树上刻着三个字:王三根。

她再往其他白杨树上细寻,分别看到不同的名字和绰号:李黑、周明(塌鼻子)、丁妮、吴三金、邹小琴(小锅巴)……

湾见到他的"同学",暂时忘了妞妞,忘情地与他们玩耍起来。他从这棵白杨,跑向那棵白杨,或是拉一拉这棵白杨树上的一根枝条,或是用拳头打一下那棵白杨的树干,有时还煞有介事地高叫着:"塌鼻子,塌鼻子,你过来呀,不过来是小狗!"他疯了一样在林子间穿梭,直跑得大汗淋漓、气喘吁吁,最后倒在地上,用手抵御着:"好三根,别打了,啊,别打了……"他胳肢着自己,在地上来回打着滚儿……

妞妞默默地看着他。

他一直滚到了妞妞跟前。他停住了,眨了眨眼,望着妞妞,很尴尬。

"他们不肯与你玩,是吗?"妞妞问。

湾的目光一下显得有点呆滞。他低下头去。

后来,妞妞觉得湾哭了。

过了好久,湾才又和妞妞在小岛上快活地玩耍起来。

整整一个下午,他们就是忙着搭一座房子。他们假想着要在这小岛上过日子。他们找来很多树枝和芦苇,又割了许多草,把那座房子建在了水塘边上。妞妞还用芦苇秆在房子的一侧围了一个鸡栏。两个人还用泥做了灶、锅、许多碗和盘子,并且找来一些野菜,装着津津有味地吃了一顿。

不知不觉,太阳落到大河的尽头去了。

妞妞的妈妈在唤妞妞晚归:"妞妞——!"

妞妞不答。

妈妈一路唤着妞妞的名字,往远处去了。

湾和妞妞只好依依不舍地离开了"家",跑向水边。

还是妞妞抱着红葫芦往前游,还是湾为她一路护游。

夕阳照着大河。河水染成一片迷人的金红。

他们迎着夕阳,在这金红的水面上,无声但却舒心地游动……

4

"别再到河边玩去了。"妈妈几次对妞妞说。

"为什么呢?"

"不为什么。反正,你别再到河边去了。妈妈不喜欢。"

妞妞不听妈妈的话,还是往河边跑。妞妞的魂好像丢在了大河里。

庄稼正在成熟,太阳的灼热在减轻,流动着热浪的空间,也渐渐有了清风,夏天正走向尾声。

然而,妞妞还未能丢开红葫芦空手游向河心。

"明年夏天,你再教我吧。"妞妞说。

"其实你能游了,你就是胆小。"

"还是明年吧。"

一天下午,妞妞正在浅水滩上游得起劲,一直坐着不动的湾突然对妞妞说:"你抱着红葫芦,游到对岸去吧。"

"我怕。"

"有我护着你。"

"那我也怕。"

"我紧紧挨着你,还不行吗?"

"那好吧,你千万别离开我。"

湾点点头。

妞妞抱着葫芦游至河中央时,望着两边都很遥远的岸,心中突然有点害怕起来。这时,她看见湾笑了一下。那笑很怪,仿佛含着一个阴谋。妞妞的眼中,只是一片茫茫的水。她第一回感觉到,这条大河竟是那么大。除了红葫芦,便是一片空空荡荡。妞妞转脸看了一眼湾,只见湾的脸上毫无表情,只是朝前方的岸看。

"我们往回游吧。"

"往前游与往后游,都一样远。"

"我怕。"

湾还是朝前看,仿佛在心里作一个什么决断。

"我怕……"

"怕什么!"湾一下挨紧妞妞,突然从她手中抽掉了红葫芦。

妞妞尖叫了一声,便往水下沉去。她的双手恐怖地在水面上抓着,并向湾大声叫着:

"红葫芦!红葫芦!"

湾却一笑游开了。

妞妞继续往下沉。当她沉没了两秒钟,从水中挣扎出来时,便发疯似的号叫:"救命哪——!"

妞妞的妈妈正往河边来寻妞妞,一见此景,几乎软瘫在河岸上。她向四周拼命喊叫:"救命哪——!"

妞妞一口接一口地喝水,并发出被水呛着后的痛苦的咳嗽声。

湾还是不肯过来。

妞妞再一次从水下挣扎出来,向湾投去两束仇恨的目光。

在田里干活的人听到呼叫声,正向大河边跑来,四周一片吵嚷声。

当妞妞不作挣扎,又要向水下沉去时,湾也突然惊慌起来,拼命扑向妞妞,并一把抓住她的双手,随即将红葫芦塞到她怀里。

湾想说什么,可就是一句话也说不出来,眼前的一切使他完全蒙了。

他的脑子停止了转动，抓着系在红葫芦腰间的绳子，两眼失神地将妞妞往岸边拉去。

岸上站了很多人，但都沉默着。

那沉默是沉重的，令人压抑的。

湾一下子觉得自己是个罪犯。

妞妞的妈妈迫不及待地冲向水中："妞妞……"

"妈妈……妈妈……"妞妞抱着红葫芦哭着。

湾把妞妞拉回到浅滩上。

妞妞松开红葫芦，极度的恐惧，一下转成极度的仇恨，朝湾大声喊着："骗子！你是骗子！"说完她扑进妈妈怀里，哆嗦着身子，大哭起来。

妈妈一边用手拍着妞妞，一边在嘴里说着："妞妞别怕啦，妞妞别怕啦……"

湾低垂着头。

妞妞的妈妈瞪着他："你为什么要这样骗人？"

湾张嘴要说话，可依然说不出，只有两行泪水顺着鼻梁无声地流淌下来。

妞妞跟着妈妈回家了。其余的人也一个一个地离开了河边。

只有湾独自一人站在水里。他的头发湿漉漉的，在往下淌水。这水流过他瘦丁丁的身子，又流回到水里。

红葫芦漂浮在他的腿旁。

起晚风了，大河开始晃动起来。水一会儿淹到湾的胸部，一会儿又将他的腿袒露出来。

红葫芦在水上一闪一闪的，像一颗心在跳。

天渐渐黑下来。

凉风吹着单薄的湾，使他一个劲地哆嗦。他仰脸望着大河上那片苍茫的星空……

5

几天后的一个黄昏，河心小岛上升起一团火，一股青蓝的烟先是飘到空中，后又被气流压到水面，慢慢散尽，化为乌有。

是湾烧掉了那个"家"。

6

妞妞再没到河边去，也再没有向大河望一眼。她去了外婆家，准备在那里度完暑假的最后几日。

一天中饭，在饭桌上，年迈的外公向他们几个小孩偶然谈起他小时候的一件事来："那时，我跟你们一样，就是喜爱下水。可胆子小，只敢在屋后鸭池里游。父亲见我游来游去，说我能游大河，我吓得直往后躲，他说我是没出息的东西。那天，他拿了一只大木盆，让我坐上，说要带我去大河对岸的竹林里掏一窝小黄雀。他把我推到大河中央，突然把大木盆掀翻了。我呛了几口水，挣出水面，鬼哭狼嚎喊救命。一下来了很多人。父亲却冷眼看我，根本不把手伸过来。我沉了两下，又挣扎出来两下，水喝饱了，后来又往下沉去。我完全没有指望了！可真也怪了，就在这时，我的身子，忽然地变得轻飘起来，完全恢复了在鸭池里游泳的样子。我心好紧张，可又好快活，不一会儿工夫，就游到了对岸。从那以后，再宽的大河我也敢游了。"

妞妞用牙齿咬着筷子。

"妞妞快吃饭。"外婆说。

妞妞放下筷子:"我要回家。"

"你不是要在这里住几天的吗?"外婆问。

"不,我要回家,现在就回家。"说完,妞妞起身就走,无论外婆怎么叫,也叫不住她。

妞妞直接跑到大河边。

大河空空荡荡。

妞妞低头看时,看见那只红葫芦拴在水边的芦苇秆上。它像从前一样的鲜亮。

妞妞静静地等待着,然而对岸毫无动静。

当太阳慢慢西沉时,妞妞的眼里露出强烈的渴望。

夏天正在逝去,蓝色的秋天已经来到大河上。不知从哪儿漂来一片半枯的荷叶,那上面立着一只默然无语的青蛙,随了那荷叶,往前漂去。

无边的沉寂,无边的沉寂。

妞妞走下水,忘记一切,朝前游去。她没有下沉,并且游得很快。她本来就已经能够游过大河的。

她第一回站到那座茅屋面前,然而,那茅屋的门上挂着一只铁锁。

一个放牛的男孩告诉妞妞,湾转学了,跟妈妈到300里外,他外婆家那边的学校上学去了。

7

开学前一天的黄昏,妞妞解了拴红葫芦的绳子,那红葫芦便一闪一闪地飘进了黄昏里……

停不下的毛毛

争吵了许多年之后,他和她分手了。从此,各奔东西。

他们卖掉了原先的住处,都离开了这座城市,各自住到了另外两个方向完全相反的城市,相隔遥远。

可是,他们曾经拥有过一条狗。它叫毛毛。

它是在他们结婚那天不声不响跟他们回家的。

那时,它还小,毛茸茸的一团。他们很喜欢它,将它收养了,叫它毛毛。

他们都爱这条狗,谁都离不开它。

这条狗也爱他们,离不开他们中的任何一个。

从此,毛毛开始了它没完没了的奔跑——奔跑在他和她之间。

一年四季,不分春夏秋冬,不分白天黑夜,不分阴晴雨雪。

奔跑,奔跑,奔跑……

中途总要路过一片梨园。

花开了……

花落了……

果实累累,压弯了枝头……

一夜间,梨树落尽了叶子,赤条条地站立在冬天的天空下。

一年又一年。

从这个城市跑向那个城市，要越过三条大河和十几条小河，要穿过一座又一座村庄，还要走过位于两座城市中间的一片荒野。

饿了，去垃圾桶里翻些吃的；渴了，去河边喝点水；累了，就在路边草丛中躺一会儿。

即使夜里，它也要奔跑。

有时，一群野狗会围攻它，将它咬得遍体鳞伤。它痛苦地呜咽着，但依然在奔跑。

路过一个村庄时，它被几个孩子砸来的石头砸伤了腿。它的腿瘸了，但奔跑依然没有停止。

鲜血一滴一滴地落在路上。

花开了……

花落了……

果实累累，压弯了枝头……

一夜间，梨树落尽了叶子，赤条条地站立在冬天的天空下。

奔跑中，它老了。

天空飘着雪花，大地被白雪覆盖了。

毛毛在雪地上奔跑着。

但，它已没有以前奔跑得那么快了。

又路过那片梨园。

雪中的梨树竟然像春天的梨树一样开满了花。

毛毛气喘吁吁地蹲在雪地上望着这一树一树的"梨花"，觉得真是十分好看。

"他在等着我呢"，毛毛想。

它又开始奔跑起来。

荒野看不见了，看见地只有大雪和被大雪覆盖的大地。

荒野成了雪原。

在两座城市的中间，在那片雪原上，它蹲了下去，任由大雪向它落下。

大雪淹没了它的肚皮。

大雪淹没了它的脊背。

大雪淹没了它的嘴巴，大雪落满了它的脑袋。现在，它只有两只眼睛还露在外面。

它不想再动弹了。

四周一片安静。

它听到了雪落在雪上的声音。

它渐渐闭上了双眼，却看到了从前——

它和他与她一起走在大街上。

它和他与她一起去一个风景区。它和他与她坐在一条船上，那船在急流中晃荡着，穿行着，两岸的风景晃动着，不住地向后倒去。

它和他与她一起在一张饭桌上吃饭，他或者是她，不住地往它面前的盘子里夹上好吃的东西。

夜晚，他和她睡在床上，它睡在他们床前的一块漂亮的地毯上。它和他与她一起入睡，一起进入梦乡。

从前的情景渐渐暗淡，它迷迷糊糊地睡着了。

朦胧中，它忽然想起：他在等我呢！

它的心一惊，猛地从雪中弹起，雪哗啦啦从它身上落下来。

它又开始了奔跑。

那年冬季快结束时，他一病不起。

它便一天一天地守在他的床前。

他望着他的毛毛，眼中流出泪水。

它立起身子，将两只前腿搭在床边，用舌头舔去他的泪水。

他轻轻拍着它的脑袋："毛毛，也许过几天我就看不到太阳了。那也好，你就用不着再奔跑了……"

春天到了。

她想：我的毛毛今天该来了。

她打开门，却并没有看到它。

第二天，她打开门，还是没有看到它。

第三天，她打开门，看到它一身尘埃蹲在门前。

它满眼泪水，嘴里叼了一朵白色的花。

她看着看着，眼泪顺着鼻梁不住地流淌下来。

"毛毛——"

她蹲了下来，将它紧紧搂在怀里……

2008年4月1日夜于东台宾馆